Paula Rodríguez
Dringliche Angelegenheiten

Das arme, korrupte
Argentinien
und eine feministische
Literatin
ließen mich an
dich denken.

Gesundheit möge
dich begleiten.

Paula Rodríguez

Dringliche Angelegenheiten

Roman

Aus dem Spanischen
von Peter Kultzen

Unionsverlag

Die Originalausgabe erschien 2020 bei Penguin Random House, Buenos Aires.
Deutsche Erstausgabe

Im Internet
Aktuelle Informationen, Dokumente und Materialien
zu Paula Rodríguez und diesem Buch
www.unionsverlag.com

Originaltitel: Causas urgentes

Neptunstrasse 20, CH-8032 Zürich
Telefon +41 44 283 20 00
mail@unionsverlag.ch

Umschlagmotiv: Zugfenster – Bastian Kienitz (Alamy Stock Foto);
Hintergrundszene – Ke Atlas (Unsplash)
Umschlaggestaltung: Sven Schrape
Lektorat: Nina Hübner
Satz: Fotosatz Amann
Druck und Bindung: GGP Media GmbH, Pößneck
ISBN 978-3-293-00600-3

Der Unionsverlag wird vom Bundesamt für Kultur mit einem
Verlagsförderungs-Strukturbeitrag für die Jahre 2021–2024 unterstützt.

Auch als E-Book erhältlich

Für die Journalistin,
die ich so gern geworden wäre.

»Aber in diesem Augenblick stehen Sie und ich in der Pflicht, Hunderte, Tausende, Zehntausende von Menschen zu schützen, die den Feinheiten dieser Geschichte nicht folgen können.«

TOM WOLFE, *Back To Blood*

»Tote fahren nicht Bus.«

Spruch aus der Journalistenschule

I

Der beim Aufprall aufgewirbelte Staub sinkt langsam auf die Körper hinab. Im einfallenden Licht blitzen die gröberen Teilchen auf. Dazwischen schwebt ein heiliger Expeditus durch die Totenstille, in der das Leben jedoch weiterzugehen scheint. Unschlüssig kreist er über den Köpfen – auf wem soll er sich niederlassen? Loser sind sie schließlich alle. Ihm, dem Heiligen, scheint die Spannung Spaß zu machen. Plötzlich steigt er in die Höhe, stößt an die Decke, dreht sich und stürzt kopfüber auf Hugo, den höchsten Punkt eines ganzen Bergs aus Körpern. Hugo streckt die Hand nach dem Heiligen aus, sein Hals ist verdreht – Richtung Liniers –, wie bei allen anderen, die hier wild durch- und übereinanderliegen, an die Waggonwände gepresst, zum Fenster hinausquellend, verrenkt, zerstückelt, aufgeplatzt.

Hugo klammert sich an den Schutzheiligen alles Dringenden und Eiligen. Er hat beide Arme erhoben, hält in der einen Hand das Handy, in der anderen das Heiligenbildchen. Er bohrt die Ellbogen in einen weichen Körper, der ihn von hinten bedrängt, drückt ihn weg, um freizukommen, Luft zu holen. »Entschuldigung«, sagt er. Aber niemand antwortet. Er kann seine Beine nicht spüren. Er bekommt Angst. Mit der Stille ist es jetzt vorbei. Manche husten, jammern, ächzen, weinen. Von draußen dringen Luft und Geräusche herein, von beidem aber nur wenig. Hoffentlich ist es die Feuerwehr.

Hugo fleht den heiligen Expeditus an, dass man ihn als Ersten rausholen möge. Dass andere beten, macht ihn nur noch nervöser. Können die nicht endlich mal still sein und abkratzen?

Hugo kümmert sich auch um dringende und eilige Angelegenheiten – er betreibt einen Schlüsseldienst. Dem Typen im Stadtteil Once, den sie im Büro eingeschlossen haben, weil er das Überstundenmachen einfach nicht lassen kann, wird er allerdings nicht mehr helfen können. Das kommt davon, wenn man nicht Bus fahren will, Marta hat es ja gesagt: »Nimm den 163er.« Und das ausgerechnet jetzt, wo es ihnen ein klein bisschen besser geht. Wenn Hugo stirbt, wird Marta ihm bis zuletzt damit in den Ohren liegen: »Ich habs doch gesagt.« Stimmt aber nicht. Ist alles bloß Zufall. Für die Rettung gilt das genauso: reine Glückssache. Kein Mensch wird gerettet, weil er Gott darum anfleht oder sich bei einem Heiligen ausheult. Das Einzige, was hilft, ist ein Anruf bei der Feuerwehr.

Eine Nachricht geht ein, das Handydisplay leuchtet auf, der Lichtschein fällt auf das zerschmetterte Gesicht der alten Frau, die wie er in Ituzaingó eingestiegen ist. Glupschaugen hatte sie allerdings da schon. Um einen Sitzplatz zu ergattern, hat sie ein Mädchen einfach zur Seite geschubst. Die Kleine muss sich jetzt irgendwo unter der Alten befinden. Hugo streckt suchend die Füße aus. Im Waggon ist es immer noch dunkel, allmählich nehmen die Schatten um ihn herum aber Gestalt an. Beim Lesen der WhatsApp-Nachricht versucht er, das, was ihn umgibt, auszublenden. Dass manche seiner Mitreisenden tot sind, ist auch so klar, dafür braucht er sie nicht anzusehen. Er merkt es am Geruch. Dieser Geruch verfolgt ihn schon seit einer Weile, inzwischen erkennt er ihn sofort. Auch, weil er nicht so ist, wie man erwarten würde – der Tod riecht nicht nach Fleisch oder Angst oder Fäulnis. Im Gegenteil, er riecht wie frisch gemähtes Gras, sein Geruch hat etwas Euphorisches.

Die Nachricht stammt von Marta:

Komm schnell

Marta hält sich nie mit langen Erklärungen auf. Lieber schlägt sie sofort Alarm. Alles ist immer eilig, dringend. Wahrscheinlich sieht sie im Fernsehen gerade diese türkische Soap. So ein Scheiß – warum guckt sie nicht Nachrichten? Hugo schreibt zurück: *Komm du, Marta.* Nicht, weil er sie unbedingt sehen will, oder sich verabschieden – er ist sauer, wie immer, wenn sie solche Nachrichten schickt. Sauer, weil sie ihm auf den Sack geht, weil sie so tut, als wäre er ihr was schuldig, während er hier drin kaum Luft bekommt. Wie lange dauert das bloß? Wie lange hält man so was aus? Bevor Hugo die Antwort abschicken kann, trifft Martas nächste Nachricht ein. Wieder erhellt sich das schreckverzerrte Gesicht der toten Alten.

Die polizei sucht dich

Wie aufs Stichwort erscheinen draußen auf einmal mehrere Typen mit Taschenlampen und leuchten ins Innere des Waggons. Geblendet kneift Hugo die Augen zu. Sirenen, Stimmen und eilige Schritte sind zu hören. Echt das Letzte, dieser Expeditus, nichts als Lügen.

»Ein Heiliger bin ich wirklich nicht, aber du schon gleich gar nicht«, sagt Hugo zu der Gestalt auf dem Bildchen.

Ob er das bloß denkt oder laut sagt, weiß er nicht. Inzwischen herrscht ringsum ein Riesenlärm. Die Leute schreien. Draußen hört aber niemand auf sie. Und falls doch – wer wird dann wohl als Erster gehört, wenn es Milliarden Typen gibt, die viel lauter schreien können und viel leichter Zugang zum Himmel haben als Hugo und all die anderen Loser bei ihm im Abteil? Wer an die Reihe kommt, das entscheidet nicht irgendein Häuptling ganz oben – wer dran ist, ist dran, so ist das. Dafür braucht es keinen Rachegott, und auch keinen Hampelmann auf einem Stück Pappe, der erst mal Reue sehen will, bevor er einem vielleicht hilft. Hugo bereut schon seit Langem. Er ist nicht unschuldig, aber trotzdem ist er *not guilty*. »Wie im Film«, sagt Beto jedes Mal und macht eine seltsame Grimasse, als würde er lächeln, wenn die beiden sich über das, was passiert ist, den Kopf zerbrechen. Wenn Hugo sagt: »Das, was wir gemacht haben«, verbessert Beto ihn und sagt: »Das, was passiert ist.« Beto ist auch kein Heiliger. In der Hinsicht sind die Gringos einfach schlauer. Sie sagen *not guilty*. Und nicht *innocent*. Denn *innocent*, also im eigentlichen Sinne *innocent*, ist niemand.

Wo bist du

Fragezeichen benutzt Marta nicht. Auch keine Punkte, Kommas oder Großbuchstaben. Dafür ist sie viel zu hektisch und angespannt. Deshalb löscht Hugo, was er gerade geschrieben hat, und antwortet stattdessen hastig:

Entschuldige, ich hab einen
Riesenscheiß gebaut.
✓✓

Evelyn stirbt fast vor Schreck, als die Polizei reinkommt. Mit einem Satz erhebt sie sich vom Sessel und bleibt dann wie gelähmt stehen. Zum Glück knallt in genau dem Augenblick ein Schuss, und die anderen denken, es liegt daran. Es sind zwei Polizisten, Mama hat sie hereingebeten. Beim zweiten Schuss richten die drei den Blick auf den Fernseher. Kerem liegt auf der Straße, sein weißes Hemd ist voller Blutflecken. Bennu redet durchs Handy auf ihn ein, sie sagt, dass sie ihn liebt; Kerem hört, was sie sagt, kann aber nicht antworten, vergeblich streckt er den Arm nach dem Telefon auf dem Asphalt aus. Es ist Nacht und weit und breit niemand in Sicht, der Kerem helfen könnte. Bennu spricht weiter; dass ihr Ehemann stirbt, bekommt sie nicht mit. Atemlos starrt Evelyn auf den Bildschirm. Sie tut so, als hätte sie die Klingel nicht gehört und auch nicht bemerkt, dass die drei reingekommen sind. Wenn du sie nicht anschaust, schauen sie dich auch nicht an, wenn du dich nicht rührst, sehen sie dich nicht. Mit wild klopfendem Herzen steht Evelyn da und wiederholt im Stillen immer wieder: O Gott, o Gott, o Gott. Und fragt sich, was sie machen soll, wenn sie jetzt verhaftet wird, wenn sie abgeführt wird, wenn sie nicht auf die Abschlussfahrt mitkann, ob sie nicht besser alles gestehen und um Entschuldigung bitten soll. Die Direktorin hat es ja gesagt – o Gott, hat die geschrien! »Besser, der, der's war, gesteht und bittet um Entschuldigung, die Polizei findet die Spuren nämlich sowieso, und dann dauert es nicht mal einen Tag, bis klar ist, wer Miss Lauras Handy geklaut hat.«

Evelyn ist schuldig. Auch wenn Mama sagt, das kann nicht sein, da muss ein Fehler vorliegen. Ein Tablet hat Evelyn schon, aber sie wollte unbedingt ein Handy, damit sie bei der WhatsApp-Gruppe mitmachen und mit Martín chatten kann. Und dann ist es total schiefgegangen, Miss Laura hat es sofort gemerkt und alle im Schulhof antreten lassen. Sie hat gedroht, sie kontrolliert alle Ranzen. Fast hätte Evelyn da schon gestanden, aber weil die Direktorin dermaßen gebrüllt und Evelyn sich so geschämt hat, hat sie es dann doch nicht gemacht. Vor den anderen wäre es noch schlimmer gewesen, als wenn die Polizei ihr jetzt Handschellen anlegt und sie mitten durchs Viertel zur Wache führt, noch schlimmer, als wenn Mama sie an den Haaren packt und sie zwingt, sie anzusehen, und dabei fragt: »Washastduschonwiederangestellt?«

Aber nichts davon geschieht, weil die Polizei wieder abzieht, ohne sich in der Wohnung umzusehen. Man hört, wie ihr Wagen davonfährt. Die Chance müssen sie nutzen. Bevor die Polizisten mit Verstärkung wiederkommen. Mama ist in der Küche, zu hören ist von ihr aber nichts. Jetzt können sie fliehen, sie können nach Brasilien gehen und unter anderem Namen weiterleben. Evelyn heißt dann Carmina.

Domínguez liest auf dem Handydisplay, was er sich schon gedacht hatte: Der Gesuchte ist nicht an der Haltestelle des 163ers. Natürlich nicht! Besser für ihn. Wortlos steht er auf, macht sich ohne weitere Erklärungen auf den Weg. Keine zehn Minuten hat er hier im Wohnzimmer gesessen. Marta hat ihm nicht mal ein Glas Wasser angeboten. »Schönen Abend noch«, sagt er zum Abschied und überreicht ihr eine Visitenkarte. »Da steht meine Handynummer drauf, falls was ist, geben Sie Bescheid.« Von wegen Bescheid geben – das macht die nie, so viel ist Domínguez klar. Er steuert auf den Wagen zu, die Augen der Nachbarn im Nacken. »Morgen sehen wir weiter«, sagt er zu sich selbst, wirft durch den Rückspiegel einen Blick auf die leere Straße und fährt los. Zehn Querstraßen sind es bis zur Wache, so lange kann er ungestört den neuen Toyota genießen, bis er Ramírez wieder auflesen muss, um mit ihm am Bahnhof Haedo vorbeizuschauen. Einfach so, wofür auch immer, es zieht ihn dorthin, obwohl Kriminalbeamte für Unfälle eigentlich nicht zuständig sind. Er schaltet die Klimaanlage an und fährt mit Tempo zwanzig, um sich noch ein bisschen Zeit zu verschaffen und seine Ahnungen in eine nachvollziehbare Form zu bringen.

Marta ist in die Küche gegangen und hört von da aus, wie der Motor anspringt und der Wagen davonfährt. Erst als sie sich sicher ist, dass er an der Ecke angekommen ist, legt sie los. Sie steckt die Visitenkarte des Polizisten in die Hosentasche und schaltet den Fernseher aus. Evelyn erschrickt noch heftiger als davor, hält ihrem Blick jedoch stand.

»Mach deinen Rucksack leer und bring mir die Hefter. Schnell.«

Dann legt sie zwei Badehandtücher, zwei Mal Bettwäsche, eine Jeans-Bermuda, ein Sweatshirt, eine Fleecejacke, drei langärmelige und drei kurzärmelige T-Shirts, zwei Paar Strümpfe und ein Paar Turnschuhe aufs Bett. Fünfzehn Tausend-Peso-Scheine in den Rucksack. Zehn in den BH. Fünf auf die Kleider. Sie räumt den Nachttisch aus, legt die Brille, die Ausweise und Evelyns Geburtsurkunde auf die Seite. Marta denkt schnell. Als sie noch auf der Uni waren, hat Hugo immer gesagt: »Du brauchst später bestimmt keine zwei Minuten, um rauszufinden, wie deine Leutchen ticken.« Hugo denkt langsamer, dafür handelt er schneller. Deshalb haben sie es auch nie zu irgendwas gebracht – Hugo, weil er so impulsiv ist, Marta, weil sie die Dinge letztlich nicht umsetzt.

Jetzt zögert sie dagegen keine Sekunde, führt den Fluchtplan aus, als hätte sie das x-mal geübt. An diesem Abend bleibt es nicht beim klaren Blick auf die Wirklichkeit, unversehens fährt es ihr in Arme und Beine. Nur einmal verliert sie die Fassung – als sie den Reisesack nicht findet. Vergeblich durchwühlt sie den Kleiderschrank. Der riesige Sack taucht nicht auf. Hugo macht jedes Mal denselben dämlichen Witz und sagt, sie stecken Evelyn rein, ob sie will oder nicht, dann brauchen sie für sie keine Fahrkarte zu bezahlen. Am Ende heult die Kleine dann regelmäßig, und die Stimmung ist im Eimer. Ein Nike-Beutel, mit aufgedrucktem Barça-Logo – beim Original ist das Logo aufgestickt. So hat es der Polizist beschrieben, der als Erster wieder gegangen ist, er wollte wissen, ob Marta der Sack bekannt vorkam. Ebendieser Sack ist jetzt nicht da. Sie werden also mit einem Koffer auskommen müssen.

Evelyn erscheint mit den Heftern aus der Schule. Marta nimmt die beschriebenen Seiten raus und stapelt sie auf dem Bett übereinander, ganz unten Mathe, dann Sprache, dann Sozialkunde, dann Naturkunde.

»Hol auch die Bücher und das Federmäppchen. Und deine Lieblingsanziehsachen. Beeil dich, ich erklärs dir später. Du brauchst dir aber keine Sorgen zu machen.«

Irgendwann herrscht auf dem Bett ein wildes Durcheinander – Kleidung, Geld, leere Hefter. Zwischen der Sprach- und der Sozialkundemappe zeigt Romeo Santos sein schiefes Lächeln.

»Kann ich das Foto mitnehmen?«, fragt Evelyn. Offensichtlich hat sie begriffen. Mehr sagt sie nicht.

»Nein, ich bitte dich. Gib mir das Tablet.«

Evelyn steigen Tränen in die Augen.

»Morgen bekommst du es wieder«, verspricht Marta.

Geräuschlos gehen sie aus dem Haus. Das Licht lassen sie an. Die Tür unverschlossen. Den Weg bis zum Bahnhof Ituzaingó legen sie fast im Laufschritt zurück. Marta sieht immer wieder auf ihr Handy. Evelyn folgt ihr keuchend, die Hände in den Taschen ihrer neuen Jacke. Ganz unten in ihrem Rucksack liegen wohlverstaut das Foto des King of Bachata, das sie heimlich doch eingesteckt hat, und Miss Lauras Handy.

Evelyn versucht, tief durchzuatmen, wie im Sportunterricht, wenn sie Dauerlauf machen müssen. Einatmen, ausatmen, o Gott, o Gott, einatmen, ausatmen, o Gott, o Gott, einatmen, ausatmen. Ein Mädchen wurde mal gezwungen, so lange zu laufen, bis sie tot umgefallen ist. Daran muss sie ständig denken, sie hat es auf YouTube gesehen. Zur Strafe, von ihrer Oma, weil sie Kuchen genascht hatte. Das Mädchen hat immer wieder gesagt: »Mir ist schlecht.« Aber die Oma war so sauer, dass sie nicht reagiert hat. Mama scheint nicht sauer zu sein, sie hat bloß gesagt: »Sei still. Sei still und beeil dich, Evelyn, bitte. Schnell, Evelyn. Mach dir keine Sorgen.« Aber keine Sorgen machen geht nicht, nicht für Evelyn.

Sie möchte sterben, weinen, aber vom Weinen wird es bloß schlimmer. Und wenn sie es mit Mama zu tun hat, ist Weinen tabu. Die Würstchen vom Abendessen kommen ihr wieder hoch. Mama drückt ihre Hand, sieht sie aber nicht an. Sie gehen sehr schnell, bei der Ankunft am Bahnhof sind sie völlig außer Atem. Mama will sie retten und hat darüber Papa vergessen. Was soll Papa machen, wenn er auf einmal allein ist? Sie würde liebend gern danach fragen, aber besser, sie spricht das Thema nicht an. Evelyn nimmt ihren ganzen Mut zusammen, um vorzuschlagen, dass sie zu Hause bleiben, sie ist bereit, ihre Strafe zu akzeptieren. Die Oberstufe im Jugendknast anzufangen, sich tätowieren zu lassen. Besser das, als laufen, bis sie tot umfällt, besser, als ohne Papa abhauen. Besser, als an einem dunklen Bahnhof warten, samt Koffer und Geld, da rauben sie dich im Nullkommanichts aus, oder was auch immer – schon für ein Handy bringen die dich um.

Evelyn sagt stumm die Namensliste der Klasse 7 B der Oberschule Los Santos Ángeles Custodios auf. Marta geht ihre WhatsApp-Kontakte durch. Von Hugo kommt nichts mehr. Der Zug kommt auch nicht. Marta schreibt an Mónica:

Ich bin auf dem weg zu dir
✓✓

Mit evelyn
✓✓

Ich glaube wir kommen
um fünf an
✓✓

Ich erklärs dir später
✓✓

Sie zieht einen Fünfhundert-Pesos-Schein aus dem BH und geht über die Straße zu dem Stand von Taxi Belgrano. Da kennt sie keiner.

Evelyn folgt ihr erleichtert. Auf der Straße sind ziemlich viele Leute unterwegs. Nach dem heißen Tag ist die Luft jetzt angenehm kühl. Aus den heruntergelassenen Fenstern der vorbeifahrenden Autos kommt Musik. Die künftigen Sommerhits. Manche Läden sind noch geöffnet. Zum ersten Mal, seit sie losgegangen sind, spricht Marta mit ihrer Tochter.

»Sag jetzt bloß nicht, dass du irgendwas willst, wir haben schon eine Menge ausgegeben.«

Evelyn vergräbt das Kinn im Jackenkragen. Sie hat nicht vor, irgendwas zu verlangen. Nie wieder.

Mein Jesus, Verzeihung und Barmherzigkeit, durch die Verdienste deiner heiligen Wunden. Mónica wiederholt den Satz zehn Mal und berührt dabei mit zwei Fingern die Rosenkranzperlen in ihrer Westentasche. Dazu schreitet sie im Rhythmus des Gebets über den roten Teppich mit den gelben Figuren, die aussehen, als wären sie aus Gold. Mónica ist sehr gläubig. Sie glaubt an Gott, Christus und die Jungfrau Maria, also an die, auf die es wirklich ankommt. Marta hat es mehr mit den Heiligen. Mónica ist nicht nur gläubig, sie lebt ihren Glauben auch aktiv und intensiv. Sie wandert über den Läufer mit den ägyptischen Figuren und sagt dabei stumm ihre Gebete auf. Ewiger Vater, ich opfere dir die Wunden unseres Herrn Jesus Christus auf, um die Wunden unserer Seelen zu heilen. In der Ecke angekommen, dreht sie um und fängt wieder von vorn an. Mein Jesus, Verzeihung und Barmherzigkeit. All das inmitten hypnotisierender Geräusche und fantastischer Gestalten – Einhörner, exotische Tänzerinnen, die Schätze des Ramses, muskelbepackte Gladiatoren. Heute sind alle da. Ihre Gesichter kann Mónica nicht sehen, sie wenden ihr den Rücken zu, aber inzwischen erkennt sie sie auch von hinten. Jeder steht an seinem Lieblingsautomaten. Manche bekreuzigen sich, küssen kleine Medaillons oder Kreuze. Glauben ist das nicht. Diese Leute haben es bloß auf Erlösung abgesehen.

Ein Riesenjackpot, und das an einem Montagabend, wo gibts denn so was? Als wäre heute Freitag. Am einzigen ruhigen Tag der Woche kommen die mit einem Riesenjackpot daher. Und dann tauchen auch noch, wie aus dem Nichts, Marta und Evelyn auf. Der Rosenkranz hilft, dass die Zeit schneller rumgeht. Ab und zu wird sie von jemandem unterbrochen, der wissen möchte, wie das mit dem progressiven Jackpot funktioniert. Wieso kommen die her, wenn sie keine Ahnung haben? Der Typ vom Double Dragon war schon drei Mal da und hat sich beschwert, von wegen der Automat habe zu wenig ausgespuckt. Automaten irren sich nicht! Die Sache geht schief, das mit Marta und Hugo war abzusehen. Mónica wandert weiter zwischen den unheilbaren Wunden der Seele umher und schickt WhatsApp-Nachrichten:

Weiß Mama Bescheid?
✓✓

Die Frage wird Marta nicht gefallen, aber Mónica möchte vorbereitet sein. Vor Hugo hat sie keine Angst, vor dem doch nicht, der ist bloß ein elender Loser. Sie setzt ihren stummen Rosenkranz fort. Selbst wenn sie ihn laut schreiend aufsagen würde, würde es niemand mitbekommen, nicht bei dem Lärm. Als sie bei der nächsten großen Perle ankommt, wirft sie einen Blick auf ihr Handy. Ewiger Vater, ich opfere dir die Wunden unseres Herrn Jesus Christus auf, um die Wunden unserer Seelen zu heilen. Marta hat die Nachricht gelesen, aber nicht geantwortet. Bestimmt ist sie sauer.

»Bei den heiligen Wunden!«, ruft Mónica plötzlich laut, weil der Typ vom Double Dragon anfängt, den Automaten mit Fußtritten zu traktieren. Sie muss sofort einen von der Security benachrichtigen, sonst macht der Kerl den Apparat noch kaputt.

Der Vorfall lenkt sie wenigstens von ihren unguten Gedanken ab.

Haben Sie das mit dem Zug mitbekommen?«, fragt der Mann am Taxistand.

Marta verneint trocken und richtet den Blick auf ihr Handy. Eine Nachricht von Mónica. Keine von Hugo. Typisch Hugo. Er wartet ab, was Marta zu sagen hat, aber sie weiß nicht, was sie ihm schreiben soll. Zuerst muss sie ihre Gedanken ordnen, die richtigen Worte finden, Lust dazu hat sie keine. Wenn etwas wirklich zu Ende ist, erkennt man das nicht an den Worten, sondern an den Taten. Was genau man in einem solchen Moment sagen soll, ist unklar, umso klarer, was zu tun ist. Im Lauf der Jahre verflüchtigen sich die Worte. Am Anfang spricht man sie noch alle aus. Später wollen sie nicht mehr so recht raus, bleiben einem im Hals stecken, im Magen, wo auch immer. Und zuletzt verschwinden sie ganz, werden bedeutungslos.

»Also, ich finde, es ist besser, wenn Kerem stirbt.«

Evelyns Stimme reißt Marta aus ihren Gedanken. Sie hatte ganz vergessen, dass sie gerade zusammen auf der Flucht sind.

»Was?«

»Besser für Bennu und für Scheherazade und für Onur …«

»Willst du denn, dass er stirbt? So böse ist er doch auch wieder nicht.«

»Es ist einfach besser für alle, Mama.« Evelyn nutzt die Gelegenheit, dass sie ihre Aufmerksamkeit geweckt hat. »Und Papa?«

»Darüber sprechen wir später.«

Evelyn öffnet das Fenster, lässt den Kopf auf die Lehne sinken. Die Fahrt durch die Nacht versetzt sie in erwartungsvolle Stimmung. Während das Auto mit Vollgas über die Straßen rauscht und der Wind mit ihrem Haar spielt, hat sie das Gefühl, erwachsen und frei zu sein, auf der Rückbank eines Wagens, als kehrte sie gerade von einem Fest zurück oder befände sich auf dem Weg zum Flughafen, unterwegs nach Disneyland. Bei der Heimkehr ist dann aber immer heller Tag ... Reisen macht glücklich, ist aber auch enttäuschend. Sie fängt an, die Laternen am Rand der Autobahn zu zählen. Als sie bei hundert angekommen ist, beginnt sie wieder von vorn. Bei der Einfahrt in den Busbahnhof hat sie das zehn Mal gemacht.

»Wirklich, ich kann dir nichts kaufen, nicht die kleinste Kleinigkeit«, sagt Marta.

Für das Taxi und die Bustickets gehen fünftausend Pesos drauf. Sie haben eine lange Nacht vor sich und noch fünfundzwanzigtausend übrig. Sie steuern ihren Bussteig an. Wie lange kommen sie damit aus? Sie müssen ihren Lebensunterhalt bestreiten und eine Schule finden, auf die Evelyn drei Wochen lang gehen kann. Vielleicht einen Monat. Viel länger wohl kaum. Marta wird wütend, als sie sich an Hugos besserwisserisches Gerede erinnert – sie solle nicht so viel Geld auf der Bank deponieren. »Wenn du die Kohle dann brauchst, kommst du nicht dran.« Ob er womöglich das Konto leer geräumt hat?

Sie wird mit dem Durchrechnen nicht fertig. Ihr Blick fällt auf einen Fernsehbildschirm in der Wartehalle des Bahnhofs, davor drängen sich die Leute. Hugo geht auch jetzt nicht ans Telefon. Ohne die Augen von dem Fernseher abzuwenden, streckt Marta suchend die Hand nach der ihrer Tochter aus.

»Sollen wir zum Kiosk gehen?«

Gnade und Barmherzigkeit, o mein Jesus, in der gegenwärtigen Gefahr. Bedecke uns mit deinem kostbaren Blut. Mónica wiederholt immer wieder dieselben zwei Sätze. Aus Nervosität hat sie den Faden verloren. Marta schreibt: *Hast du das mit dem zug mitbekommen, in haedo ist ein zug verunglückt.* Und Mónica ärgert sich, sie will jetzt nicht über die Nachrichten sprechen, sie will wissen, was passiert ist, das soll Marta ihr sagen, ohne dass sie danach zu fragen braucht.

Wenn es einen Riesenjackpot zu gewinnen gibt, sind die Leute jedes Mal ganz aufgekratzt. Mónica auch, ein bisschen, wie immer, wenn Marta und die Kleine nach Colón kommen. Sie macht dann haufenweise Pläne, aus denen aber nie etwas wird, weil Marta immer bloß an den Fluss will, oder schlafen. Kaum sind sie da, wünscht Mónica sich, dass sie wieder verschwinden. Trotzdem macht sie sich jedes Mal wieder Hoffnungen. Und ist dann ganz durcheinander, würde am liebsten schlagartig mit der Diät aufhören, hat Angst, Mama könnte auf die Idee kommen, die beiden zu begleiten, träumt andererseits aber auch davon, den ganzen Sommer mit ihnen zu verbringen, Marta einen Teilzeit-Job im Kasino zu besorgen, ihr ein paar ihrer Tupper-Sex-Kundinnen zu überlassen. Das werden mit der Zeit immer mehr, die Leute sind total unbefriedigt. Mónica hat das Gefühl, stark zu sein, kommt sich aber auch ein bisschen dämlich vor, weil sie sich jedes Mal solche Illusionen macht, wenn ihre große Schwester ihren Besuch ankündigt. Sie kann sich noch so sehr anstrengen, Anerkennung bekommt sie von ihr dafür nie. Am Ende des Abends werden die Leute mehr Geld denn je verloren haben.

Besser, sie erfährt jetzt nichts mehr von dem Zugunglück, mit Jesu Wundmalen hat sie für heute genug. Aber Marta schickt noch eine Nachricht, das Thema lässt sie nicht los:

Ich glaube hugo
war in dem zug

Tor für den FC Tigre, Alter!«, sagt ein Feuerwehrmann in die Dunkelheit und das Schweigen auf der anderen Seite des zersplitterten Waggonfensters. Er lügt.

Auf der Suche nach der Stelle, von der aus die Stimme seines neuen Freundes zu hören war, lässt er den Lichtstrahl der Taschenlampe umherwandern. Worauf er auch trifft, immer ist es der gleiche Mischmasch aus marineblauen, schmutzig weißen, dunkelgrünen, grauen und braunen Flecken. Die Leute sind eben alle gleich, die gleiche Kleidung, dieselben Farben – wie soll man das auseinanderhalten? Sie sind wie zusammengebacken, verschweißt, nur Teile der Körper, auch das eine oder andere Haarbüschel, erscheinen an den Fenstern, bei deren Anblick er an die aufgeplatzten Stellen einer Mülltüte denken muss. Sein Chef schreit, jemand soll ein Rettungskorsett bringen, er will endlich loslegen. Eine Stimme aus dem menschlichen Heuhaufen fragt, wie es steht in dem Fußballspiel, andere flehen: »Hol mich hier raus!« Wieder andere bohren ihm die Fingernägel ins Fleisch, wenn er ihnen mit der Taschenlampe zu nahe kommt.

Die Feuerwehrleute versuchen, das Knäuel zu entwirren – wen sollen sie zuerst durchs Fenster rausziehen, vorausgesetzt, der Betreffende ist noch ganz? In jedem Fall fangen sie beim völlig zerknautschten vordersten Waggon des Zuges an, der auf einen im Bahnhof Haedo stehenden Zug aufgeprallt ist.

»Übrigens, ich bin auch Tigre-Fan!« Das ist nicht gelogen. Der Feuerwehrmann will damit nicht nur den Typen im Zug bei Laune halten, es soll auch ihm selbst helfen, einen klaren Kopf zu behalten. Gar nicht so einfach angesichts der Szenerie, die sich ihm präsentiert: blau angelaufene Gesichter, hervortretende Augen, blutige Zähne. Von dem Fußballfan ist nichts mehr zu hören. Andere schreien dafür umso lauter. Manche von ihnen verstummen aber schon bald wieder. Wie bei einem infernalischen Grillenkonzert in gleißender Mittagshitze.

Er bewegt die Lampe hin und her, von links nach rechts, von unten nach oben. Mit der Zeit gelingt es ihm, in dem Durcheinander einzelne Körper auszumachen. Der junge Kerl gehört offensichtlich zur obersten Schicht der Menschenmasse.

»Alter, Tor für Tigre!«, sagt er noch einmal, etwas lauter. Seine Stimme soll fest und beruhigend klingen – sozusagen wie: Jetzt kommt Papa und holt dich raus. Aber er hört sich an wie ein stinknormaler Feuerwehrmann aus Haedo.

»Wer hats geschossen?«, fragt die Stimme aus dem Waggon.

»Wer wohl, Idiot? El Chino natürlich. Hast du das nicht mitgekriegt?«

»Ich war hier …«

Der Lichtstrahl trifft auf eine Hand. Eine Hand, die ein Heiligenbildchen in die Höhe hält. Die Figur darauf erkennt er sofort.

»Lass ihn bloß nicht los, deinen heiligen Expeditus!«

»Ich komm hier also nicht lebend raus, oder wie?«

Mist, bin ich doof, sagt sich der Feuerwehrmann. Er kann immer noch nicht klar denken, ständig kommen ihm die verrücktesten Assoziationen. Als liefe ein Zeichentrickfilm vor ihm ab. Die hervorquellenden Augen und zerquetschten Hände – als hätte wieder mal ein Elefant auf dem rosaroten Panter herumgetrampelt, oder er läge begraben unter einem Amboss. Langsam lässt er den Lichtschein weiterwandern, bis er das Gesicht des mageren Tigre-Fans beleuchtet. Blau angelaufen ist es noch nicht. Vielleicht kommt er durch.

»Gleich sind wir bei dir«, verkündet er und lügt zum zweiten Mal in dieser Nacht.

Seine Mitstreiter machen sich daran, diese Sardinenbüchse wie auch immer aufzubekommen. Aber wie soll man jemanden hier rausziehen, ohne ihn in Stücke zu zerreißen? Vielleicht sollten sie mit den Toten anfangen, auch wenn das eine Riesenschweinerei gibt. Was solls, eine Schweinerei ist es sowieso schon. Und wenn sie noch lange warten, sterben die, die am Leben sind, auch noch. Sie sprechen mit dem, der am weitesten herausragt – quasi die Galionsfigur –, sie sagen, er soll die Zähne zusammenbeißen. Dann übergießen sie ihn mit Öl, aus einem Fass, das sie beim Chinesen erstanden haben. Anschließend ist ein markerschütternder Schrei zu hören.

Den weiter hinten Liegenden wirft der Feuerwehrmann Wasserfläschchen zu. Einer lacht wie irre. Auch der Tigre-Fan scheint amüsiert. Er hat lange Haare und ein Christusbärtchen. Er ist wirklich sehr mager. Auf dem Dach des Waggons erscheinen sein Chef und einer, der wie der Einsatzleiter aussieht.

»Bringt mal die Rettungsschere, wir schneiden jetzt das Dach auf und ziehen sie da raus«, rufen sie.

Der Feuerwehrmann wendet sich vom Waggonfenster ab, dreht sich dann aber noch mal um und sagt: »Ich bin gleich wieder da. Warte hier auf mich.«

»Alles Kacke, oder? Ich komm hier nicht lebend raus, stimmts?«, erwidert der Tigre-Fan.

Der Feuerwehrmann sagt nichts mehr und überlässt Hugo von Neuem der Einsamkeit und Finsternis im Inneren des Waggons.

Den Zufall gibt es nicht. Allein Gottes Gerechtigkeit entscheidet. Von wegen Glückssache, noch so eine Lüge. Mónica ist Slot-Managerin im Kasino von Colón, sie weiß Bescheid. Wort für Wort spricht sie sich den Wundenrosenkranz vor. Erlösung bekommt man nicht umsonst. Es muss schon jemand ein paar Wunden beisteuern. Einfach so rettet Gott dich nicht. Niemand hat einen Rechtsanspruch darauf. Jesus ist am Kreuz gestorben. Ewiger Vater, ich opfere dir die Wunden unseres Herrn Jesus Christus auf, um die Wunden unserer Seelen zu heilen. Das ist doch sonnenklar. Bloß den Text wiederholen und fertig, das reicht nicht, man muss schon verstehen, wovon die Rede ist. Mónica konzentriert sich auf jedes einzelne Wort. So funktioniert es. Ja, so funktioniert es.

Damit deine Seele geheilt wird, muss ein anderer leiden. Das ist damit gemeint. In Alltagssprache übersetzt heißt das: Einer muss draufgehen, damit du davonkommst. So ist das Leben. Aber nicht jeder geht drauf, und Rettung gibts auch nicht für jeden. Darum geht es.

Ich glaube hugo
war in dem zug

Hat Marta geschrieben.

Auch Gott drückt sich manchmal so aus, glasklar. Ohne irgendwelche Umschreibungen.

Mónica weiß nicht, was sie antworten soll. Sie denkt kurz nach.

Na so was.
✓✓

Ewiger Vater, ich opfere dir die Wunden unseres Herrn Jesus Christus auf, um die Wunden unserer Seelen zu heilen. Inzwischen hat sie so oft »Wunden« gesagt, dass sie auf einmal einen Schmerz verspürt. Wo genau, an welcher Stelle ihres Körpers, kann sie nicht sagen. Wenn es einen Riesenjackpot zu holen gibt, denkt keiner an den Schmerz, der danach kommt. Mónica hört auf, im Salon hin und her zu wandern, gedankenverloren starrt sie die Muskeln und den Schatz des Ramses an, der blinkend verkündet, dass es einen Preis zu gewinnen gibt. Erlösung ist was anderes. Sie möchte Marta noch etwas sagen.

Morgen lassen wir
es uns gut gehen.
✓✓

Hugo hört den Lärm über seinem Kopf. Er ist lauter als das Geschrei um ihn herum. Als würde gleich etwas auf ihn herabstürzen und ihn endgültig zerquetschen. Doch bevor die Panik ihn überwältigt, trifft ihn ein feiner, aber kräftiger Lichtstrahl. Das heißt, zuerst beleuchtet er den heiligen Expeditus, wandert dann an Hugos immer noch in die Höhe gerecktem Arm hinab. Wie in einer Illumination wird Hugo klar, dass er sich tatsächlich zuoberst auf dem Berg befindet. Unversehens wird das himmlische Licht vom Umriss eines helmbewehrten Kopfes verdeckt. Es ist aber nicht der Kopf Gottes, Christi oder eines Heiligen, hier erscheint nicht die göttliche Gerechtigkeit, um ihn schuldig zu sprechen und eines elenden Todes sterben zu lassen. Es handelt sich vielmehr um den Chef der Feuerwehr von Haedo.

»Wir holen dich jetzt raus«, sagt der Mann.

Hugo wägt in aller Eile die ihm zur Wahl stehenden Möglichkeiten ab: sterben, übel zugerichtet werden, im Knast landen, fliehen. Oder auch die folgenden Kombinationen: gelähmt im Knast landen, im Rollstuhl die Flucht antreten, davonrennen, sobald sie ihn auf dem Bahnsteig absetzen. Während er noch mit diesen Gedanken beschäftigt ist, packen sie ihn unter den Achseln und fangen an, zu ziehen. Fast zerreißt es ihn. Er ist zwischen den Toten eingeklemmt, die ihn nicht freigeben wollen. Er stemmt sich in die Höhe, mit aller Kraft, selbst die Haarspitzen machen mit. Ob er schreit, wird er später nicht sagen können. Dafür wird er sich genau an den Moment erinnern, in dem die Körper unter ihm nachgeben, woraufhin eine Hand seinen Knöchel umklammert, um ihn wieder in die Tiefe zu ziehen, wogegen er sich wiederum mit einem heftigen Fußtritt – Schuhe und Strümpfe hat er keine mehr an – erfolgreich zur Wehr setzt. Durch ein Loch, das seiner Einschätzung nach kaum groß genug für ein Bein ist, wird er ins Freie befördert. Wie bei einer zweiten Geburt – so wie vor dreiundvierzig Jahren – passiert er eine unfassbar kleine Öffnung, während zwei ruppige Kerle in Uniform erbarmungslos an ihm zerren. Er konzentriert sich auf das, was jetzt wichtig ist: Seine Beine sind noch dran. Die Hose nicht mehr.

Noch auf dem Dach wird er auf eine Liege gelegt, angeschnallt und bekommt eine Halskrause verpasst. Als er begreift, dass an Flucht nicht zu denken ist, wirft er heimlich sein Handy zur Seite. Benommen hört er, wie es irgendwo neben dem Waggon auf dem Boden aufprallt. Seine Papiere sind in der Tasche, und die ist im Zug. Hugo ist jetzt Herr Niemand. Noch mal davongekommen, sagt er sich. Dann befördern sie ihn nach unten, auf den Bahnsteig.

»Tut mir leid, Alter, ich hab dich angelogen, wir haben drei zu null verloren.« Der Feuerwehrmann von vorhin – der Tigre-Fan – hilft beim Tragen der Liege. »Ich heiße Marcelo, alles wird gut, die bringen dich jetzt ins Krankenhaus. Wie heißt du?«

Hugo starrt ihn wortlos an. Dann öffnet er die Faust mit dem Heiligenbildchen darin. Marcelo versteht und nimmt gerührt das zerknitterte Stück Pappe an sich.

Jetzt geht alles ganz schnell. Domínguez durchquert die konzentrischen Kreise rings um die Unglücksstelle. Anwohner, Journalisten, Sanitäter und Leute auf der Suche nach Angehörigen kommen ihm entgegen, die meisten sind auf dem Weg in die umliegenden Krankenhäuser. Dann trifft er auf Absperrbänder, Polizisten und Rettungshelfer, die sich übergeben, Wasser über den Kopf gießen und wieder in den Kampf stürzen. Nicht weit von dort erhellen Flutlichter das Durcheinander aus Helmen und zerbeulten Eisenteilen.

Während er den Bahnsteig entlanggeht, hält er Abstand zu der langen Reihe von Bahren. Zwei Polizisten, die ihn aufhalten wollen, zeigt er seine Dienstmarke, und sie lassen ihn durch. Das gefällt ihm jedes Mal wieder.

Als er bei den ineinander verkeilten Waggons ankommt, sind die Feuerwehrleute immer noch damit beschäftigt, menschliche Körper herauszuholen. Lauter Leichen. Oder Leichenteile. Behutsam legen sie sie auf dem Betonfußboden ab, so viele Tote auf einmal sind sie nicht gewohnt. Die Gerichtsmediziner sind da weniger zimperlich. Sie stopfen alles in schwarze Plastiksäcke und reihen diese am Ende des Bahnsteigs auf. Aus Gewohnheit macht Domínguez sich ans Zählen. Das kann er einfach nicht lassen. Neben den Plastiksäcken gibt es noch Haufen aus Rucksäcken, Schuhen, Taschen. Und ein Fahrrad.

Irgendwo dazwischen leuchtet auf einmal etwas auf. Ein Handydisplay. Domínguez tritt näher und liest:

Bist du da

Fragt eine gewisse Marta. Eine von tausend infrage kommenden Martas. Es gibt keinen Zufall, sagt sich Domínguez. Das ist sein Lieblingsspruch. Und dann tut er wieder einmal eine dieser Sachen, die ihm bei seinen Kollegen den Spitznamen »der Spinner« eingebracht haben. Nicht zum ersten Mal verhält er sich, als wäre er komplett unzurechnungsfähig. Obwohl er eigentlich nie den Überblick über die Zahlen verliert. Er bückt sich und greift nach dem Handy. Keine gute Idee, sagt er sich, berührt im selben Augenblick aber schon das Display, um die komplette Nachricht lesen zu können. Zu entsperren braucht er das Gerät dafür nicht. Er liest zunächst den vorausgehenden Text:

Komm schnell

Die polizei sucht dich

Wo bist du

Entschuldige, ich hab einen
Riesenscheiß gebaut.
✓✓

Das ist kein Zufall, das passt perfekt zusammen. Keine gute Idee, sagt sich Domínguez noch einmal, aber weiter denkt er nicht, sondern tippt stattdessen eine Antwort auf Martas Frage:

Bist du da

Ja.

Dann tippt er auf *Senden*. Nachdem die zwei Häkchen erschienen sind, verstaut er seinen Fund in der rechten Hosentasche.

Der gelbe Bus kommt angefahren, und Evelyns Magenschmerzen sind schlagartig vorbei. Ein Doppeldecker, genau wie wenn es in die Sommerferien geht. Diesmal ist sie aber gleich noch mal so aufgeregt, weil sie offensichtlich auf der Flucht sind und nicht einfach nur unterwegs zu ihrer Tante. Mama sagt immer, Evelyns Magen komme ihr ein bisschen wählerisch vor, was Evelyn gar nicht witzig findet, es tut nämlich wirklich weh. Sie setzt sich auf den Fensterplatz und klappt die Lehne nach hinten, so sieht sie bloß den Himmel und kann sich einbilden, sie säße im Flugzeug. Jedes Mal, wenn der Bus beschleunigt, spürt sie wieder den Druck im Magen, wie in der Achterbahn.

Die Vorgänge in ihrem Magen sind das Thema, auf das Evelyn und Marta sich stillschweigend geeinigt haben. Dadurch bleiben ihr all die anderen, andernfalls ständig wiederholten Fragen erspart (Wie gehts? Was ist los? Warum erzählst du nie was? Woran denkst du? Was hast du?). Evelyn ist mittlerweile dreizehn. Wenn Marta nicht begreift, dass sie die seltsamen Anwandlungen ihrer Tochter ertragen muss, verliert sie sie für immer.

»Mach dir keine Sorgen, das waren bestimmt bloß Blähungen.«

Marta setzt sich neben sie und deckt sie mit ihrer Jacke zu. Dann streicht sie ihr mit der Linken übers Haar und bedient gleichzeitig mit der Rechten ihr Handy. Sie geht zum letzten Chat mit Olga und fängt an zu schreiben: *Mach dir keine Sorgen.* Sie löscht die Nachricht. *Wir fahren ein paar Tage weg.* Wieder löscht sie die Nachricht.

Mónica dagegen schickt WhatsApp um WhatsApp:

Habt ihr zu Abend gegessen?

Was isst Evelyn zum
Frühstück?

Denk dran, unterwegs
seid ihr immer wieder im
Handynetz von Uruguay,
das ist superteuer.

Von Hugo kommt nichts. Keine Zeile. Marta checkt alle paar Minuten ihr Handy. Der Bus ist bereits auf der Fernstraße. Bäume, Häuser, Plakate, Schatten flitzen vorbei, und wie immer, wenn sie auf Reisen ist, kommt es ihr so vor, als vergehe pro Kilometer ein Tag. Was natürlich Quatsch ist. Nachricht von Hugo:

Ja.

Marta wartet, ob noch etwas kommt. Ja, ich lebe noch? Ja, sie haben mich verhaftet? Ja, ich mache mich auf den Weg zu euch? Ja, ich bin verletzt, besorg mir einen Anwalt, gib mir mal Evelyn, mach dir ein Backhähnchen mit Kartoffeln? Ja, ich liebe dich, bring dich in Sicherheit, meinetwegen kannst du verrecken? Ja, was? Sie steckt das Handy ein. Bei Hugo blickt sie schon seit Langem nicht mehr durch.

Es ist eiskalt im Bus von der Klimaanlage, sie bekommt steife Finger. Sie müsste mal pinkeln, aber sie will Evelyn jetzt nicht allein lassen. Sie genießt die Melancholie des Unterwegsseins, für sie geradezu der Idealzustand, selbst in einer solchen Nacht. Schön wärs, die Fahrt dauerte richtig lange. Dass der eine oder andere Unbekannte mithört, wenn sie auf der Toilette ist, oder sie betrachten kann, wenn sie schläft, macht ihr nichts aus. Die erzwungene Nähe mit den übrigen Reisenden ist weniger unangenehm als die Verpflichtungen, die das familiäre Zusammensein mit sich bringt – dass man sich gegenseitig ständig auf der Pelle hockt, jeden Tag miteinander sprechen muss, das Zimmer teilen, obwohl man sich nichts zu sagen hat. Alle schlafen bis auf einen Typen mehrere Reihen hinter ihr, der schlüpfrige Sachen in sein Handy flüstert, und die Frau unmittelbar vor ihr, die sich an dem jungen Mann um die zwanzig vorbeischiebt, der das Pech hat, neben ihr zu sitzen, und dabei sein Gesicht mit dem Hintern streift, statt ihm Zeit zu lassen, sich zum Gang hinzudrehen, damit sie problemlos durchkann. Eine Rolle Klopapier in der Hand, steuert sie anschließend mit schwankenden Schritten auf die Toilette zu. Marta folgt ihr. Durch den plötzlichen Aufbruch erschreckt sie ihre Tochter.

»Bleib liegen, ich weck dich, wenn wir bei den Brücken sind«, verspricht Marta.

Da tut Evelyn, als würde sie wieder einschlafen.

Marta fühlt sich keineswegs überfordert, sie braucht ihre Gedanken nicht mehr zu ordnen, alles liegt klar und folgerichtig vor ihr. Sie ist kein bisschen nervös, im Gegenteil – wenn etwas seinem Ende entgegengeht, hat das auch etwas Erleichterndes.

Als sie von der Toilette zurückkommt, findet sie fünf Nachrichten von Mónica vor:

Lass dich bloß nicht
verrückt machen. Es gibt
immer einen Ausweg.

Ich weiß, du brauchst
jemanden, der dich tröstet
und dir beisteht.

Sprich dieses Gebet
drei Mal und leite es an
zehn Freunde weiter, die
auch Hilfe brauchen.

Sorge dafür, dass die Kette
nicht unterbrochen wird.

Ewiger Vater, ich opfere
dir die Wunden unseres
Herrn Jesus Christus auf ...

Sechste Botschaft Mónicas:

Seid ihr schon in Zárate?
Ich schicke dir den
Wundenrosenkranz.

Marta antwortet:

Ok
✓✓

In der Ferne tauchen die Lichter der Brücke auf, es sieht aus wie ein Weihnachtsbaum. Bald sind sie am Paraná de las Palmas, beim Überqueren des Flusses wird sie wieder von großen Erwartungen erfüllt werden. Wie jedes Mal seit dem ersten Januar 1987, als Mónica und sie nach dem Anstoßen in den weißen R 12 ihrer Eltern stiegen und sich mit ihnen auf den Weg nach Brasilien machten. Als sie über die Brücke fuhren, kurbelten die beiden Mädchen die Fenster runter und atmeten tief die Luft ein, die ihnen warm und seltsam dicht vorkam. Woraufhin Mónica sagte, an so einem Ort wolle sie leben, und Marta erwiderte: »Bist du doof, wir sind noch nicht mal an der Grenze.« Anschließend aßen sie Rosinenbrötchen und schliefen stundenlang. Der Vater fuhr in einem Rutsch die mehr als tausend Kilometer bis zu dem Badeort, wo es fast wie in Santa Teresita aussah, und trotzdem war alles total exotisch und faszinierend und traurig.

Es gibt sonst nichts, woran sie und Mónica sich gern gemeinsam erinnern. Jedes Mal, wenn sie Zeit miteinander verbringen, gehen sie dieselben Anekdoten durch. Sie freundeten sich damals mit drei Jungs aus Argentinien an, beide in der Hoffnung, sich einen von ihnen zu angeln. Die Jungs brachten sie dazu, in einem Supermarkt Päckchen mit kleinen bunten Kaugummis zu klauen und sich an den Pool eines teuren Hotels zu schmuggeln, aber ihr eigentliches Ziel erreichten sie damit nicht. Die Pension, in der sie wohnten, war groß und alt, die rosa Wandfarbe verwaschen, mehrere Dachziegel kaputt. Im Speisesaal gab es unbekannte Früchte und einen Animateur, der jeden Abend Tanzwettbewerbe veranstaltete, bei denen Marta als Vertreterin der Familie in Aktion treten musste. Den Hula-Hula-Wettbewerb entschied sie für sich. Als Gewinn gab es zwei T-Shirts mit dem Zuckerhut darauf, auf die sie sich zusätzlich ihre Vornamen drucken ließen. Marta benutzt ihres immer noch, als Schlafanzugoberteil, genau wie die Bettwäsche, die ihre Eltern am Abreisetag im Zentrum von Capão da Canoa kauften. Gebadet hatten sie in der ganzen Zeit nur ein einziges Mal. Bei der Rückfahrt im R 12 trugen beide Mädchen Wunschbänder in allen möglichen Farben ums Handgelenk. Ihren Freunden aus dem Viertel erzählten sie bloß, sie seien in Brasilien gewesen. Im nächsten Sommer war der Vater nicht mehr da, und die Mutter hatte keinen Führerschein. In den Erinnerungen, die sie sich ausgedacht hat, schwimmt Marta im Meer.

Jetzt spürt sie die Nähe des Wassers und fängt an zu weinen. Ein bisschen. Lautlos. Nur ein paar Tränen. Weinen kann man das eigentlich nicht nennen. Für einen kurzen Augenblick tritt ein unterirdischer Fluss über die Ufer beziehungsweise an die Oberfläche und versprüht ein paar Tröpfchen, um sich anschließend wieder in sein Bett zurückzuziehen und den gewohnten Lauf zu verfolgen. Die einzige Frage, die Marta sich manchmal stellt, lässt er dabei in seiner Tiefe verschwinden, eine Frage, die sie nie ganz ausformuliert, die jedoch fast wie ein Vorwurf daherkommt. Marta versucht, ihren Gefühlen auf den Grund zu gehen, kann aber letztlich nicht entscheiden, ob Hugo oder die Vergangenheit der Auslöser ihres Kummers ist. Sie wischt ihn fort, genau wie die Tränen – mit der Hand. Was solls.

Alexithymie. Schwierigkeit, sich den eigenen Gefühlen zu stellen. Das war das Letzte, was sie in Psychologie lernte, bevor sie das Studium abbrach. Als ihr Vater starb, weinten weder sie noch ihre Schwester, noch ihre Mutter. Als Problem betrachtet sie diese Schwierigkeit aber nicht. Genau besehen ist sie von Vorteil. Eine Superkraft, die sie vor allem schützt, mit einer Ausnahme: die Möglichkeit, dass ihre Tochter diese Begabung geerbt hat. Marta will nicht der Grund für deren Bauchschmerzen sein. Die Vorstellung wiederum, dass Evelyn nichts für sie empfinden könnte, ist schrecklich.

Als sie über die Brücke fahren, strengt sich Evelyn an, die Augen geschlossen zu lassen. Sie genießt den Moment. Wenn sie traurig sind, ist es irgendwie, als hätten sie sich doch ein bisschen lieb. Ein helles Licht gleitet über ihr Gesicht, da kann sie nicht mehr widerstehen und schlägt die Augen auf. Marta fährt ihrer Tochter mit den Fingern durchs Haar. Draußen ziehen die Stahlseile der Hängebrücke an ihnen vorbei wie das Pendel eines Hypnotiseurs.

»Mama, die Polizei …«

»Schlaf jetzt, Evelyn.«

Dreiundvierzig Tote. Domínguez muss sich wieder mal mit dem Beifahrersitz abfinden, weil Ramírez immer als Erster beim Wagen ankommt. Wenn Domínguez nicht am Steuer sitzt, klappt das mit dem Kopfrechnen allerdings nicht. Er bringt es mittlerweile auf fünfhundertzehn Kadaver. Innerhalb von dreißig Dienstjahren, macht siebzehn pro Jahr. Alle drei Wochen einer. Nicht schlecht, aber wenn auf einen Schlag dreiundvierzig dazukommen, verfälscht das womöglich die Statistik. Vermittelt einen unzutreffenden Eindruck. Kurz: Domínguez weiß nicht, ob er sich die Leichen von heute gutschreiben soll oder nicht. Wenn es bloß darum geht, wie viele Tote er in seinem Leben zu sehen bekommen hat, ist alles in Ordnung. Aber nicht alle diese Toten waren *seine* Toten.

Sie lassen den Bahnhof Haedo hinter sich. In Wahrheit sitzt Ramírez deshalb am Steuer, weil er auf den Fahrersitz rübergerutscht ist, während er auf Domínguez wartete. Er ist in der ganzen Zeit kein einziges Mal ausgestiegen. Schon nach fünf Minuten scheint draußen alles wie immer. In mehreren Bars sehen sich die Leute im Fernsehen an, was wenige Ecken weiter vor sich geht. Eigentlich ist es Quatsch, heutzutage überhaupt noch seine Toten zu zählen. Das macht niemandem mehr Eindruck, wer will, lässt sich heute Leichenfotos per WhatsApp servieren, noch bevor irgendein Gerichtsmediziner sie zu sehen bekommen hat. Hundert pro Jahr schafft auf die Art jeder, locker. Anders bei der Mordkommission. Da kommen die Leichen meistens einzeln, höchstens im Doppelpack. Ein Dreifachmord ist ganz selten. Heute dagegen hat Domínguez so viele Leichen auf einmal gesehen wie in den vergangenen zweieinhalb Jahren zusammen.

Besser, er fragt Ramírez nicht, warum er vorhin am Bahnhof nicht ausgestiegen ist, und erst recht nicht, warum er sich bei jeder sich bietenden Gelegenheit ans Steuer setzen muss, verdammt noch mal. Fünfhundertzehn plus dreiundvierzig macht fünfhundertdreiundfünfzig. Ein ganz schöner Unterschied, auf dreißig Jahre verteilt bleibt aber trotzdem mehr oder weniger alles gleich – einer alle drei Wochen. So gesehen gewinnt er durch das, was heute geschehen ist, also nicht wirklich etwas hinzu. Domínguez hofft, dass das Handy, das sich in diesem Augenblick gleich neben seinem Sack befindet, erst wieder ein Lebenszeichen von sich gibt, wenn sie den Toyota abgeliefert haben und er sich von dem Neuen verabschiedet hat. Er kennt ihn noch nicht besonders gut. Nicht gerade gesprächig, dieser Ramírez. Genau wie das Handy in seiner Hosentasche.

Die Frage ist jetzt, ob einer dieser dreiundvierzig Hugo Víctor Lamadrid ist, Hauptverdächtiger im Mordfall des Paraguayers Carlos David Cristaldo, neunzehn Jahre alt, aufgefunden im Gewerbegebiet, in dem Bach Las Catonas, in einem großen Sack mit aufgedrucktem Barça-Logo. Bei der Beschreibung wurde Lamadrids Ehefrau Marta sichtlich blass – vor Schreck oder Überraschung –, behielt aber letztlich die Fassung, wie von einer treuen Gattin – womöglich auch Komplizin – nicht anders zu erwarten. Was Domínguez weniger typisch für eine treue Gattin vorkommt, ist die Tatsache, dass diese Marta sich über zwei Stunden Zeit lässt, um ihrem Mann gerade mal eine winzige Nachricht zu schicken, in der sie fragt, ob er da sei. Womöglich ist die Beziehung zwischen den beiden nicht besonders eng.

Unerklärlicherweise – sein Chef würde es im Fall des Falles garantiert nicht begreifen – weiß Domínguez, dass dieses Handy ebendem Hugo gehört, nach dem er auf der Suche ist, und dass diese Marta die magere, aber trotzdem ziemlich ansehnliche Frau ist, die er an diesem Abend kennengelernt hat. Unerklärlich bleibt auch, warum Domínguez sich entscheidet, sein Leben zu ruinieren, die gar nicht mehr so ferne Pensionierung, seine großartige Ermittlungsquote – die beste des Bezirks –, mit vierhundertneunundfünfzig von insgesamt fünfhundertzehn aufgeklärten Mordfällen, indem er derart dreist und unverfroren Beweismaterial an sich nimmt. Er folgt eben einer seiner weithin berühmten Ahnungen.

An diesem Abend ist nicht nur ein Zug verunglückt, da ist er sich sicher. Das Ganze in die Form einer regulären Hypothese zu bringen, gelingt ihm jedoch nicht. Weil Ramírez sich, sooft er kann, die Fahrerrolle anmaßt. Und wenn Domínguez nicht am Lenkrad sitzt, kann er auch nicht klar denken.

Roulette-Spieler sind etwas ganz anderes. Die wissen, was sich gehört. Wenn die letzte Kugel gespielt ist, gehen sie, ohne zu nerven. Oder sie bleiben und trinken Whisky. Auf jeden Fall sagen sie Guten Abend. Und sind besser angezogen. Obwohl Mónica sie längst alle kennt, begrüßt sie sie, als wären sie Touristen, und wünscht ihnen einen angenehmen Aufenthalt in der Stadt Colón. Freundlich, aber distanziert. Sollen die doch aus ihrem Leben machen, was sie wollen. Die Blackjack-Spieler sind auch was anderes. Bis auf die Chinesen. Die Chinesen spielen um viel Geld und sind treue Kunden, aber sie wissen nicht, wie man sich benimmt, und sie trinken zu viel. Mit anderen Chinesen scheinen sie keine Freundschaften zu unterhalten, sie sprechen nicht miteinander, und wenn doch, dann schreiend oder flüsternd. Stets hört es sich an, als wären sie verärgert. Mónica nimmt an, dass sie zu irgendeiner Mafiagruppe gehören, weshalb sie ihnen ständig auf die Finger schaut, für den Fall, dass einer plötzlich einen Revolver zückt und anfängt, um sich zu schießen.

Heute sind keine Chinesen gekommen, Mónica ist aber trotzdem so angespannt, als wären welche da. Obwohl sie in der Arbeit normalerweise nichts isst, geht sie an die Bar. Den Rosenkranz versenkt sie bis auf den Grund der winzigen Tasche ihrer bordeauxroten Weste mit dem schwarzen Smokingkragen. Der Bleistiftrock macht es ihr unmöglich, einen der hohen Barhocker zu besteigen; ihrer ist wenigstens nicht auf der linken Seite bis zum Oberschenkel hinauf geschlitzt. Was das angeht, nehmen die Leute von der Geschäftsführung Rücksicht auf Mónicas Empfindlichkeiten, ein Zeichen dafür, dass man sie bald befördern wird, in eine leitende Position.

An den Tresen gelehnt, verzehrt sie ihr Sandwich und lässt dabei den Blick durch den Saal schweifen. Als sie die Blondine entdeckt, beschließt sie, mit ihr anzufangen. Ihren Namen kennt sie nicht, aber dafür weiß sie, dass sie bei der Stadtverwaltung arbeitet und dass ihr Haar gefärbt ist. Klar ist auch, dass sie wie immer einen Aufstand machen wird. Bei jedem Besuch droht ihr die buchstäblich falsche Blondine mit einer Millionenklage, gegen sie alle zusammen, wegen Betrugs. Die Spielautomaten sind so eingestellt, dass die Leute ab vier Uhr morgens nur noch verlieren, behauptet sie. Sie hat Beweise, schreit sie.

»Señora, wir schließen.«

»Wenn ich das Kasino verklage, verlierst du deinen Job, Mónica.«

»Vergessen Sie nicht, am Donnerstag ist Damenabend, wenn Sie Ihre Freundinnen mitbringen, isst jede Zweite gratis.«

Die Blondine wendet sich wieder dem Automaten zu, der ein paar Chips ausspuckt, mit denen sie das Spiel unverzüglich fortsetzt.

»Heute verschwindest du rechtzeitig«, flüstert Mónica und geht weiter, fordert die Herren zum Aufbruch auf und lädt die Damen zum donnerstäglichen Damenabend ein – wenn sie ihre Freundinnen mitbringen, isst jede Zweite gratis, ein vollständiges Menü, Nachtisch und Kaffee eingeschlossen, Speisen aus aller Welt. So geht das eine halbe Stunde lang; höflich, aber mit Nachdruck treibt sie all die verlorenen Seelen auf den Ausgang zu, mit professioneller Freundlichkeit und im Bewusstsein ihrer moralischen Überlegenheit. Der Besoffene von vorhin fängt wieder an, den Double Dragon mit Fußtritten zu traktieren. »Er hat einfach den Chip verschluckt«, brüllt er. »Gauner!« Die Blondine kommt dazu, hält ihm ihre Visitenkarte hin und verspricht, dass sie das Kasino verklagen wird. Alles genau wie immer. Mónica bestellt im Namen der Firma ein Taxi, das sie später zum Busbahnhof bringen soll.

Die zehn Querstraßen bis zu sich nach Hause legt sie aber zu Fuß zurück. Die feuchtwarme Luft kündigt den Sommer an, trotzdem friert Mónica. Ein bisschen Zeit zum Vorbereiten hat sie noch. Sie trinkt einen Hagebuttentee, legt sich im Kopf zurecht, was jetzt am wichtigsten ist, und macht sich an die Arbeit. Den Schubladeninhalt des einen ihrer beiden Nachttische verstaut sie in einer mit Schmetterlingen und französischen Wörtern dekorierten Schachtel. Die chinesischen Liebeskugeln, die aussehen, als wären sie aus Jade, das Fläschchen Massageöl mit Erdbeer-Champagner-Geschmack, die Vibro-Eier, die goldene Badeente, die noch ungeöffnete Tube Analgel, die pinkfarbene Streichelfeder, die mit Sternen verzierte Maske und mehrere Vibratoren, darunter ein lebensechter 30er Doppeldildo, noch unbenutzt. Dass er so echt wirkt, gefällt ihr am wenigsten daran. Nachdenklich steht sie mit der Schachtel in der Hand da – wohin damit? Sie schiebt sie schließlich unters Bett, den Pearl 2000 mit Klitoris-Stimulator lässt sie allerdings draußen.

Während sie sich eine Badewanne einlässt, bereut sie ihren Entschluss. Eigentlich ist sie überhaupt nicht in Stimmung für einen Pearl 2000 mit Klitoris-Stimulator. Viel lieber würde sie weinen – auf nichts hat sie jetzt weniger Lust als auf einen Mann, nicht mal auf einen Mann mit Klitoris-Stimulator. Am besten, sie erledigt die Sache so schnell wie möglich. Sie setzt sich aufs Bett, kann sich aber nicht entscheiden.

Marta ist noch zweihundert Kilometer entfernt, die Wirkung, die von ihr ausgeht, kann Mónica aber jetzt schon spüren. Die Unruhe, die sie in ihr auslöst. Eigentlich kommt Marta erst in zwei Stunden, aber es ist, als wäre sie schon da. Besser, Mónica nutzt die Gelegenheit, vielleicht ist das für lange Zeit die letzte Möglichkeit.

Der Zeitdruck wirkt durchaus stimulierend, sie legt also ein rotes Tuch über die Nachttischlampe und denkt angestrengt an das Licht, das sie mal in einem Hotel-Kasino in Las Vegas gesehen hat. Dabei kneift sie sich in eine ihrer Brustwarzen unter dem Smokingkragen der Weste, kniet sich auf den Boden und greift sich mit der anderen Hand unter den Rock. Bald merkt sie, dass sie aufhören muss; wenn die Dienstuniform kaputtgeht, ziehen sie ihr das vom Gehalt ab.

Ich bin vielleicht bescheuert, sagt sie sich. Total bescheuert.

Mit aller Gewalt versucht sie, sich zu erregen. Dafür braucht sie ein Bild, eine Vorstellung. Aber kein konkretes Gesicht. Auf einmal sieht sie den Chinesen mit dem schwarzen Hemd vor sich. Dass sie bestimmte Dinge ausschließen möchte, macht es nur schlimmer. Um die Erregung trotzdem um jeden Preis aufrechtzuerhalten, beschließt sie, immer noch kniend, den mit Gel eingeschmierten 30er Doppeldildo zum Einsatz zu bringen. An Willen mangelt es ihr nicht, also biegt sie den Doppeldildo wie ein Hufeisen, setzt die beiden Enden an je einer Körperöffnung an und fängt an zu stöhnen. Sie hört sich allerdings nicht gern selbst, also legt sie eine kurze Pause ein, schließt die Augen, lässt sich langsam zurücksinken und macht schweigend weiter.

Das mit den dreißig Zentimetern dürfte stimmen, trotzdem findet Mónica die Bezeichnung »lebensecht« unpassend, in der wirklichen Welt gibt es nichts, was von sich aus zu einem solchen Zweck geschaffen wäre. Gut rein und raus geht er, man könnte also »ergonomisch« sagen oder »lustfreundlich« oder etwas in der Art. Der Realismus ist einfach überbewertet in unserer Welt. Zum Glück verblasst der Gedanke an den Chinesen irgendwann, sodass Mónica sich auf das Bild eines italienischen Sängers konzentrieren kann. Wie er heißt, fällt ihr nicht ein, aber sie findet ihn faszinierend. Nach einer Weile tut ihr der Arm weh. Um weiterzumachen, muss die Hüfte die Arbeit also allein übernehmen, und das widerstrebt ihr. Allmählich fühlt sie sich unwohl, ja lächerlich, mit diesem komischen Spielzeug in der Hand.

Der Name des Italieners will ihr einfach nicht einfallen. Er war blind und sehr romantisch und hatte eine wunderschöne Stimme. Als Mónica sich klarmacht, dass er sie nicht sehen kann, nimmt ihre Erregung wieder zu. Künftig wird sie sich bei ihren Fantasien bloß noch Blinde zu Partnern nehmen. Sie dreht und windet sich auf dem lebensechten 30er Doppeldildo. Schade, dass der Pearl 2000 mit Klitoris-Stimulator nicht in Reichweite liegt. Mit der Zeit bekommt sie nämlich einen Krampf in der Hand. Außerdem tun ihr jetzt auch die Knie weh auf den kalten Fliesen. Und ihre Vorstellungen ufern zusehends aus, neutralisieren sich gegenseitig und werden schließlich von der Frage abgelöst, was wohl mit Marta und Evelyn los ist und wie es ihnen ergehen wird, wenn sie jetzt zu dritt zurechtkommen müssen.

Es ist dieselbe Wand. Mit demselben grauen oder grünen oder hellblauen Anstrich – wie die Erinnerung an eine Farbe. Als Hugo die Augen aufschlägt, erkennt er den Ort sofort. Eigentlich noch davor, denn schon das Licht, das durch seine Lider dringt, kommt ihm bekannt vor, genau wie der Klang der Stimmen, wie aus einer anderen Dimension, in der lebendige Menschen herumlaufen und sprechen und lachen. Die Wand kommt näher, mit ihren weit geöffneten Poren, droht ihn zu erdrücken. Um zu entkommen, versucht Hugo, wegzusehen. Als er den Kopf dreht, ist es, als fiele er rücklings in ein tiefes Loch. Vor seinen Augen gerät alles in Bewegung, irgendwann wird der Blick aber wieder scharf. Er befindet sich in einem Gang. Kein Zweifel, es ist derselbe Gang, in dem Evelyn einmal eine ganze Nacht zugebracht hat. Auch auf einer solchen Liege, an derselben weder grauen noch grünen, noch hellblauen Wand. Am Tropf und mit Sauerstoffmaske.

Damals schwor Hugo der Wand, dass sie sich nie wiedersehen würden. Evelyn konnte bereits wieder gut atmen, die Ärzte sagten jedoch, sie solle besser noch bleiben. Hugo und Marta waren so erschrocken, dass sie zu allem bloß Ja sagten und die ganze Nacht in ebendiesem Gang verbrachten, stehend neben der Liege. Deshalb erinnert Hugo sich so genau an den Gang, der weder grün noch hellblau, noch grau ist. Und an Evelyn, die mit verdrehten Augen in der Dusche lag und auf nichts reagierte, so steif und starr, dass das Wasser einfach an ihr hinabzulaufen schien, ohne dass sie nass davon wurde, während Hugo Angst hatte, sie könnte von seiner bloßen Berührung zerbrechen. Bei der Erinnerung daran fangen seine Hände an zu zittern. Marta schrie, er solle sie da rausholen, sofort, ohne zu begreifen, dass Evelyn womöglich auseinanderfallen würde, wenn er sie fest anpackte. Evelyns magerer, so zerbrechlicher Körper.

Marta hat ja keine Ahnung, wie leicht ein menschlicher Körper in Stücke gehen kann, im Handumdrehen, buchstäblich. Darum heißt es vorsichtig sein, manche Körper senden keine Signale aus, knacken nicht, bluten nicht, schreien nicht. Hugo weiß Bescheid. Das verblichene Graugrünhellblau der Wand erinnert ihn an all das, was er inzwischen weiß, und das ist viel mehr als in der Nacht, die er damit zubrachte, auf diese Wand einzureden, sie anzuflehen, dass alles gut gehen möge mit Evelyn, während Marta ihm die Schuld gab, weil er keine neue Gastherme fürs Bad besorgt hatte. »Fast hättest du deine Tochter umgebracht«, schimpfte sie, um sich anschließend selbst in eine verblichene, weder graue noch hellblaue, noch grüne Wand zu verwandeln.

So ein Arsch, dieser heilige Expeditus, ausgerechnet im Zug muss er sich Hugo vornehmen, genüsslich den Moment abpassen, in dem er ganz unten angekommen ist, um zu verkünden: Jetzt, wo du hier in einem Haufen Schrott steckst und keine Luft mehr bekommst, jetzt denk noch mal drüber nach, was du angestellt hast, das hast du nun davon, wie fühlt sich das an, hm? Geschieht dir recht!

Sein Kopf ist tonnenschwer; wenn er ihn drehen will, ist es, als versuchte er, eine rostige Schraube zu lockern. Ohne ihn anzuheben, wendet er ihn ganz langsam weiter nach links, wo auch jemand liegt. Zu beiden Seiten des Gangs reihen sich die Liegen aneinander.

Was jetzt? Er ist immer noch in Haedo, allzu weit entfernt hat er sich durch das Unglück nicht. Er befindet sich in der Notaufnahme des Krankenhauses. Zusammen mit vielen anderen, die man ebenfalls sich selbst überlassen hat. Er stemmt sich ein wenig hoch, um einen besseren Überblick zu haben. Nirgendwo ist ein Arzt oder eine Krankenschwester zu sehen. Die sind mit den wirklich dringenden Fällen beschäftigt. Von dem Schmerz im Genick verschwimmt ihm die Sicht. Heiliger Expeditus, Schutzpatron alles Dringenden und Eiligen, du gottverdammter Hurensohn. Hugo richtet sich auf, bis er schließlich auf der Kante der Liege sitzt. Die mageren nackten Beine baumeln in der Luft. Er versucht, die blau angelaufenen Füße zu bewegen. Von der Hüfte aufwärts fühlt sich alles so weit in Ordnung an. Bekleidet ist er nur mit Unterhose und Hemd. Das lange Haar ist unter der Halskrause eingeklemmt. Niemand kümmert sich um ihn, manche schlafen, andere jammern.

Er muss in dem Gang liegen, in dem sie die deponiert haben, denen es halbwegs gut geht. Aber ganz sicher ist er sich da nicht. Man kann innerlich völlig ruiniert sein und trotzdem nichts spüren. Der Schmerz entspricht nicht automatisch dem, was tatsächlich vorliegt. Es kann durchaus passieren, dass jemand aufrecht zur Tür hinausgeht und an der nächsten Ecke tot umfällt. Oder am nächsten Tag. Dafür braucht bloß ein Blutgerinnsel in den Adern unterwegs zu sein. Oder im Gehirn, sodass der Betreffende plötzlich keinen Schritt mehr tun kann, oder nicht mehr weiß, wie er heißt. Als es Beto damals mit dem Motorrad hingelegt hat, ist Pamela einfach wieder aufgesprungen und über den Asphalt gelaufen. Trotzdem stellte sich schon bald heraus, dass sie innerlich völlig kaputt war. Dass der Körper angeblich Signale aussendet, ist Quatsch. Jedenfalls tut er das nicht immer. Wenn er es täte, würde vieles nicht passieren.

So oder so beschließt Hugo, aufzustehen und rauszugehen, er wird schon sehen, ob es klappt. Er streift die Halskrause ab, betastet die Wirbel, bewegt langsam den Kopf hin und her. Der junge Kerl auf der Liege nebenan sieht ihm zu. Bei ihm ist es umgekehrt, er hat Hosen an, aber obenrum nichts. Die eine Schulter ist halb zerquetscht, der Arm daran dunkelviolett. Sie liegen also wohl doch eher in dem Gang mit den Leuten, denen nicht mehr zu helfen ist. Als Hugo ihn anspricht, versucht er, den Blick nicht zu dem Teil seines Körpers wandern zu lassen, der tatsächlich furchterregend aussieht.

»Alter, kann ich dich um was bitten? Schau mich mal an. Wie sehe ich aus? Am Kopf, im Gesicht, hab ich da irgendwo Blut? Und hinten, alles okay? Du sollst nicht dich anschauen, schau mich an!«

Der junge Kerl ist völlig verängstigt. Er kann seinen Arm nicht spüren, sagt er.

»Sieht nicht so schön aus, deine Schulter, aber besser, du bewegst dich nicht, sonst renkst du dir noch was aus.«

Hugo steigt von der Liege. Die Fliesen sind angenehm kühl, jedenfalls für seine schmerzenden nackten Füße. Leise redet er auf seinen Leidensgenossen ein, der anfängt zu weinen.

»Nicht weinen, Alter, mach jetzt nicht die Heulsuse. So schlimm stehts bei dir auch wieder nicht. Weißt du was? Ich leih mir mal kurz deine Hose aus. Ich zieh mich an und sehe nach, ob ich einen Arzt finde, der sich um dich kümmern kann.«

Er blickt sich noch einmal um, knöpft dann den Hosenbund seines Nachbarn auf, öffnet langsam den Reißverschluss, möglichst ohne seine Eier zu streifen, hebt den jungen Kerl leicht an, um ihm die Jeans über die Hüfte zu ziehen. Der Junge fängt an zu schreien, Hugo zerrt erst am einen Hosenbein, dann am anderen. Anschließend schlüpft er, sich jeweils an einer Liege abstützend, in die Leihhose und stopft zuletzt sein halb zerrissenes, verschwitztes und blutbeflecktes Hemd in den Bund – er hasst es, wenn es lose um ihn herumflattert.

»Passt perfekt, Alter. Ich geb Bescheid, damit jemand kommt und dich holt. Wie heißt du?«

Der andere spricht sehr leise, immer wieder von Schluchzern unterbrochen. Hugo nähert das Ohr seinem Mund.

»Hast du eine Freundin, Alejo? Wie heißt sie? Ich gehe jetzt gleich los und hol deine Andrea. Und dem Arzt sag ich, dass er sich sofort um dich kümmern soll. Nicht weinen. Tief durchatmen. Einatmen, ausatmen. Schau mich an.«

Jetzt spricht Hugo laut und begleitet seine Worte mit Armbewegungen, hebt die Hände und lässt sie wieder sinken, vom Zwerchfell bis zur Nase und wieder zurück zum Zwerchfell, wie ein Dirigent, der sich nicht entschließen kann, die Symphonie beginnen zu lassen.

»Einatmen, ausatmen, einatmen, ausatmen. Du wirst sehen, das tut dir gut! Ich bin gleich wieder da. Einatmen, so, ganz tief. Und jetzt langsam ausatmen.«

Während Hugo Alejo zeigt, wie das mit dem Atmen geht, entfernt er sich unmerklich von ihm, aber noch, ohne sich umzudrehen. Der Junge will ihn aufhalten, fragt, wie er heißt.

»Wegen mir brauchst du dir keine Sorgen zu machen … Expeditus. Ich heiße heiliger Expeditus.«

Bei dem französischen Balkon von Domínguez' Büro im ersten Stock sind die grünen Läden geschlossen. Überall sonst sind sie auf. Ramírez hat mehrfach versucht, sie offen zu lassen; einmal hätte er ihm sogar fast einen Topf mit einem Bäumchen dorthin gestellt. Noch so ein unerklärter Krieg zwischen den beiden. Für einen Dienstag ist im Erdgeschoss ganz schön was los, der Chef der Polizeiwache Morón ist aber noch nicht da. Ob er die Sache mit dem Zugunglück mitbekommen hat? Oder ist er wieder vor dem Fernseher eingeschlafen? Domínguez versucht, den Bericht fertig zu bekommen, bevor es draußen hell ist und Mancuso mit seinen Anzugschuhen in sämtlichen Büros das Parkett knarzen lässt. Mancuso genießt es, ihn seine Überlegenheit spüren zu lassen, aber nicht, indem er ihn vor den anderen runtermacht; viel lieber stellt er ihn als harmlosen Opa dar. Als alten Helden. Aus den Neunzigern, der glorreichen Zeit. Ein Crack. Einer, der anders ist als die anderen.

Domínguez hackt in die Tasten, spricht sich den Text dabei leise vor:

Kriminalpolizei / Bezirksdirektion Morón

Betreff: Ermittlungen im Mordfall Cristaldo, Carlos David

Einsatzbericht des Unterzeichneten, Kriminalkommissar Osvaldo Marcial Domínguez

Einsatzbeginn: 21.10 Uhr des gestrigen Tages

Einsatzort: Wohnsitz von Lamadrid, Hugo Víctor, in blablabla, blablabla, blablabla

Die ersten Lichtstrahlen dringen durch die geschlossenen Balkonfensterläden. Gern reizt Mancuso ihn auch mit der Aufforderung, die Sonne reinzulassen und die Aussicht zu genießen, es sei doch ein Riesenglück, dass gegenüber bloß diese baufällige Villa stehe und nicht irgend so ein modernes hohes Gebäude, das ihm den Himmel verdeckt. Wenn es eines Tages doch so weit ist, werden alle Nachbarn ihm dabei zusehen können, wie er sich mit der Abfassung dieser verfluchten Berichte herumquält. Viel zu berichten gibt es bis jetzt nicht, und eigentlich ist alles ziemlich klar, trotzdem weigern sich die Tatsachen, sich in geordneten Sätzen wiedergeben zu lassen. Domínguez fängt an zu schwitzen. Er trinkt aus der Zweiliterflasche mit lauwarmer Cola, die wer auch immer auf dem Nachbarschreibtisch hat stehen lassen. Dabei flucht er stumm über die Bürokratie wie ein schlecht vorbereiteter Student im schriftlichen Examen. Sein Stil ist grauenhaft, und er leidet darunter, auch wenn außer ihm sich kein Mensch dafür interessiert.

Señora Lacase, Marta, eigener Aussage nach Lebensgefährtin von Lamadrid, Hugo Víctor, gibt an, über die infrage stehenden Tatsachen nicht Bescheid zu wissen, genauso wenig wie über den Aufenthaltsort des Verdächtigen. Wie sie hinzufügt, ist der o. g. Lamadrid Inhaber einer Schlüsseldienstfirma und hatte seinen Wohnsitz verlassen, um einen dringenden Auftrag zu erledigen, der, der Aussagenden zufolge … wie die Aussagende aussagt …

Domínguez findet das passende Verb nicht. Er überlegt, was alles in den Bericht reinmuss und was er besser weglässt, und versucht, die vorschriftsmäßigen Ermittlungsschritte und die eher intuitiven Aktionen in eine sinnvolle Reihenfolge zu bringen.

… aufgrund des zeitlichen Zusammentreffens zwischen dem Eisenbahnunglück und der Fahrt des Verdächtigen zu dem im Stadtteil Once gelegenen Wohnort seines Auftraggebers … begibt der Unterzeichnete sich zum Bahnhof Haedo, um sich einen persönlichen Eindruck verschaffen und auf diesem Wege die Hypothese bestätigen oder auch verwerfen zu können, dass …

Nein, bloß nicht das Wort »Hypothese« verwenden. Und auch nicht »Intuition«. Da greift Mancuso sofort nach der Dienstwaffe, er kann nicht anders. Was bestimmte Dinge angeht – andere Dinge –, kann Domínguez auch nicht anders. Zum Beispiel auf keinen Fall seinen Arsch riskieren. Oder aber, im Gegenteil, ihn wie ein Vollidiot riskieren. Zum Beispiel, indem er am Unglücksort ein nagelneues Samsung-Handy einsteckt, das höchstwahrscheinlich dem Verdächtigen Lamadrid, Hugo Víctor, gehört. Dass das nicht in den Bericht gehört und deshalb auch nicht in den Bericht aufgenommen wird, wird der Herr Leiter der Bezirkskriminalpolizeidirektion Morón bestimmt verstehen.

Inzwischen ist es draußen hell geworden, und viel zu berichten gibt es eigentlich nicht mehr. Der kurze Aufenthalt in der Pizzeria Don Guido, um sich die Zusammenfassung des Spieltags im Fernsehen anzugucken, ist keine Erwähnung wert. Die um 04.45 Uhr bekannt gegebene offizielle Liste der Toten und Verletzten dagegen schon, vor allem, weil Lamadrid nicht darauf erscheint. Obwohl Domínguez in der Dienststatistik einen durchaus ehrenvollen Rang einnimmt, steht er am Ende dieser Nacht ganz offiziell wie ein Versager da, der nicht die geringste Ahnung hat, wo der Verdächtige abgeblieben sein könnte. Inoffiziell sieht es noch schlimmer aus: Der Besuch bei seinem Freund, dem dicken Mario von den Forensikern, wird ebenfalls nicht im Bericht auftauchen. Zum Dank für einen Kaffee und einen Alfajor hat er Domínguez wissen lassen, dass die sterblichen Überreste von zwei Männern mittleren Alters bis jetzt nicht identifiziert werden konnten.

Domínguez kippelt mit dem seit Ewigkeiten kaputten Stuhl. Er muss sich anstrengen, um gerade vor dem Computer zu sitzen, für seinen Ischias ist das gar nicht gut. Wenn es dermaßen lange dauert, um einen bekackten Stuhl auszutauschen, wie lange wird er dann erst warten müssen, bis sie die DNA von zwei Toten ausgewertet haben, für die sich niemand interessiert? Irgendwelche Angehörigen haben jedenfalls nicht nach ihnen gefragt, und alle, die sich bis jetzt im Kranken- oder Leichenschauhaus eingestellt haben, haben ihren gesuchten Verletzten oder Toten gefunden. Die beiden dagegen will offensichtlich niemand haben, also muss Domínguez allein mit der für ihn unabweislichen Gewissheit zurechtkommen, dass einer von ihnen dieser Lamadrid, Hugo Víctor, sein muss. Weder eine gewisse Lacase, Marta, noch sonstige Verwandte oder Freunde haben ihn als vermisst gemeldet, was unter den gegebenen Umständen nur logisch ist.

Für Domínguez hat das hier aber nichts mit Logik zu tun. Die naheliegendste Antwort ist nicht zwangsläufig auch die richtige. Was hätte Ángela an Martas Stelle wohl getan? Sie wäre nicht unbedingt verzweifelt in die Notaufnahme des Posadas-Krankenhauses gelaufen. Aber hätte auch sie ihre Verzweiflung so lange für sich behalten, dass ihm genug Zeit geblieben wäre, um zu fliehen? Ehefrauen sind imstande, raffinierter vorzugehen, als irgendwelche Polizisten es sich in ihren Hypothesen ausmalen können.

In einem Bericht für den Chef ausgerechnet seine Ex-Frau als Fallbeispiel anzuführen, ist so oder so keine gute Idee. Verdammt, ist er schlecht gelaunt. Jetzt muss er also noch mal nach Ituzaingó, um dieser Frau eine Antwort zu entlocken, die Mancuso zufriedenstellt. Was noch lange nicht heißt, dass er selbst dadurch irgendwie schlauer würde. Domínguez hat die beste Ermittlungsquote des Bezirks, aber zwischenmenschliche Beziehungen sind und bleiben ihm trotzdem ein unlösbares Rätsel.

2

Marina spricht mit dem Spiegel. Sie könnten den Verkehrsminister per Telefon dazuschalten, außerdem warten am Eingang zum Leichenschauhaus zwei Angehörige auf den Beginn der Übertragung.

»Was für Angehörige?«, fragt der Spiegel.

»Eine Mutter und ein Ehemann.«

»Haben sie ihre Leichen nicht gefunden?«, fragt Sandras Spiegelbild.

»Doch, es sind schon alle identifiziert.«

»Aber?«

Jetzt spricht Sandra Lagos nicht durch den Spiegel zu ihr. Sie hat sich umgedreht und sieht sie direkt an. Das eine Auge ist bereits geschminkt, das andere noch nicht. Marina weiß nicht, welches Auge sie anvisieren soll. Sie entscheidet sich für das geschminkte, es macht einen freundlicheren Eindruck. Sie erklärt, dass sie die beiden überredet haben, noch ein bisschen zu bleiben – dann kommen sie live ins Fernsehen.

»Ihr könnt sie doch nicht allein da stehen lassen! So gehe ich nicht mit meinen Leuten um. Hol sie rein, und sieh zu, dass sie einen Kaffee bekommen. Das ist das Mindeste, bei der Hitze. Die Ärmsten.«

Das Letzte sagt Sandra schon wieder durch den Spiegel, denn jetzt ist ihr anderes Auge dran. Wenn Marina wegen des Ministers nachhakt, wird Sandra nicht darauf eingehen. Politiker und Beamte lässt sie nur ungern bei sich auftreten, lieber spricht sie mit normalen Menschen.

Rifle beschwert sich per WhatsApp. Als das Unglück passiert ist, war er gerade mitten in seinem Abendprogramm. Sie haben ihm einen Block mit zwei Studiogästen gelassen, die eigentlich wegen etwas anderem da waren. Anschließend ging es bloß noch live weiter. Gerade mal achtzehn Minuten haben sie ihm zugestanden. Rifle stoppt seine Sendezeit immer mit dem Handy. Jetzt bettelt er verzweifelt um Informationen:

Wisst ihr schon was Neues?

Marina antwortet nicht. Was für ein stressiger Vormittag – als wäre die Hölle los, dabei tut sich nicht das Geringste. Der Regisseur fragt, wann die Angehörigen eintreffen. Inzwischen gehen alle davon aus, dass die Angehörigen dabei sein werden, Marina hat sie allerdings noch nicht wieder angerufen. Rifle nervt weiterhin via WhatsApp:

Hast du nicht jemanden
von der Feuerwehr?

Aber irgendwas müssen wir doch tun, Marta!«

Mónica schlägt mit dem Geschirrtuch nach einer Fliege, genau vor Martas Gesicht, um sie aus ihrem Dämmer zu reißen. Doch Marta träumt unbeeindruckt weiter vor sich hin. Sie sitzen in der Küche und trinken Mate. Den Fernseher haben sie auf stumm geschaltet. Zu Evelyn haben sie gesagt, sie soll duschen und ihre Sachen in Mónicas »Büro« einräumen. Das Zimmer heißt so, weil ein Schreibtisch darin steht und Mónica hier außerdem ihre Kommissionsware aufbewahrt. Die Kundinnen lässt sie im »Büro« auf einem Sofa voller rosafarbener lippen- und herzförmiger Kissen Platz nehmen. Die Kleine geht im Flur hin und her, während die beiden Schwestern ihren bruchstückhaften Gedankenaustausch fortsetzen.

Mónica sieht sich in ihrem Notebook die Nachrichten an.

»Marta, er ist nicht dabei.«

»Was?«

»Hugo. Unter den Toten taucht sein Name nicht auf.«

»Kommt schon noch.«

»Nein, Marta, hier sagen sie, dass das alle sind, mehr Leichen gibt es nicht.«

»Dann ruf ich ihn nachher an und frage, wo er steckt.«

»Spinnst du? Und Evelyn? Was erzählst du der?«

»Dass er tot ist.«

»Weiß Hugo Bescheid?«

»Dass er tot ist? Ich glaube nicht. Er hat mir eine Nachricht geschickt. Der Kleinen habe ich nichts davon erzählt.«

»Mir auch nicht.«

»Ich hatte das Gefühl, du machst dir Hoffnungen.«

Evelyn steht reglos in ihrem zwei mal drei Meter großen Versteck mit Blick auf die Straße. Ihre wenigen Anziehsachen hat sie bereits im Kleiderschrank verstaut. Das Foto von Romeo hängt an dessen Spiegeltür. Und die Blätter aus den Ordnern liegen auf dem Schreibtisch. Aber was soll sie mit Miss Lauras Handy machen? Wohin damit?

Ihre Tante hat gesagt: »Geh in dein Zimmer.« Aber das hier ist nicht ihr Zimmer. Obwohl das Haus schöner ist als das in Ituzaingó und sie es toll findet, ein Fenster nur für sich zu haben. Ein Fenster, durch das man raussteigen, zum Fluss gehen und wieder zurückkehren kann, ohne dass die anderen etwas mitbekommen. Durch das man einfach so abhauen kann. Draußen braucht sie bloß über den Zaun zu klettern.

In der Tasche ist Geld.

Sie kann durchs Fenster raussteigen.

Und zum Fluss gehen.

Nach Buenos Aires zurückfahren.

Heute ist Dienstag, denn gestern war die Englischprüfung. Eigentlich müsste sie sich wegen Papa Sorgen machen, das große Problem ist aber, was Mama sagen wird, wenn sie Miss Lauras Handy entdeckt. Und was die anderen sagen werden. Wie sie darauf reagieren werden. Evelyn sieht sich schon in einem Video, in allen WhatsApp-Gruppen der Schule: *Guck dir mal das an … Wie würdest du auf die Nachricht reagieren, dass dein Papa bei einem Zugunglück ums Leben gekommen ist? Und jetzt das … Wie würdest du reagieren, wenn rauskommt, dass deine Tochter ein Handy geklaut hat? Guck mal, wie es Evelyn ergangen ist, guck mal, wie sie auf die Nachricht reagiert hat. Und jetzt guck dir an, was Marta gemacht hat, als sie erfahren hat, dass ihre Tochter Miss Lauras Handy geklaut hat, guck mal, zuerst hat sie ihr geholfen, abzuhauen, aber dann hat sie sie so richtig verprügelt.*

Bei dem Teil, wo zu sehen ist, wie Marta sie »so richtig verprügelt«, werden alle lachen, und sie werden sich ihn immer wieder ansehen. Bloß diesen Teil.

Wegen einem Handy. Wegen einem Handy wird sie nicht bei Martíns Geburtstag dabei sein können, und bei der Abschlussfahrt auch nicht. Hier kennt sie niemanden, und im Sommer kommt sie auch nur deshalb gern her, weil sie dann am Fluss in der Sonne liegen und baden kann. Ihre Tante sagt, im Winter kann man sich hier in die Becken mit Thermalwasser legen. Aber Mama sagt, die sind total verdreckt. Der Fluss hat nur wenig Strömung, trotzdem muss man vorsichtig sein. Die Strudel im Fluss reißen dich mit, auch wenn du gut schwimmen kannst. Da, wo es am ruhigsten aussieht, ist es am gefährlichsten. Mama und ihre Tante unterhalten sich leise in der Küche.

Wenn Papa noch am Leben ist, müssen sie ihn mit einplanen. Dann gehen sie zu dritt nach Brasilien. Oder nach Paraguay. Dort sind die Frauen im Gefängnis alle schwarz und machen sich Dreadlocks. Wer blond ist, wie Evelyn, wird dort vielleicht diskriminiert, oder sie machen sie im Gegenteil zu ihrer Anführerin. Oder sie wird dort bisexuell. Vielleicht reicht es aber auch, wenn Mama eine Strafe bezahlt. Das Problem ist nur – wie soll sie sie nach alldem fragen? Und wo soll sie Miss Lauras Handy verstecken? Mama kann man überhaupt nichts fragen. Da wird sie bloß sauer. Andererseits, wenn du sie nichts fragst, kommt sie irgendwann und erzählt alles von selbst.

Auf dem Schreibtisch der Tante liegen Buntstifte mit der goldenen Aufschrift *Welcome to fabulous Las Vegas*. Evelyn schreibt eine Liste mit Fragen:

1. Was hat Papa gemacht?
2. Will die Polizei ihn verhaften?
3. Ist ein Unfall passiert?
4. Was war mit dem Zug?
5. Warum sind wir weggefahren?
6. Kommt Papa nach?
7. Und wenn er tot ist?
8. Sind wir in Gefahr?
9. Bist du sauer?
10. Auf mich oder auf Papa?

Auf so viele Fragen wird Mama keine Lust haben. Deshalb kreuzt Evelyn die Fünf und die Neun an.

Olga stößt mit dem Fuß an eine hochstehende Gehwegplatte, gerät ins Stolpern, landet mit dem einen Schuh in Hundekacke und kann sich, bevor sie hinfällt, gerade noch an einem Baum festhalten. Bei ihrem überhasteten Aufbruch von zu Hause hat sie vergessen, die Handys einzustecken. Wäre sie gestürzt und hätte sich etwas gebrochen, könnte sie jetzt weder Marta noch sonst wen zu Hilfe rufen. Was für ein Wahnsinn. Das reinste Chaos. Und die Bürgersteige sind in einem Zustand … Man kann nirgendwo mehr hingehen. Alles voller Hundekacke. Warum kümmert sich kein Mensch um die Hinterlassenschaften seines Vierbeiners? Nur saftige Strafen könnten daran etwas ändern. Vielleicht würden die Leute ihre Hunde dann auch ganz abschaffen. Diese beschissenen Idioten. Das Einzige, womit man sie zu fassen kriegt, ist ihr Geldbeutel.

Der Tag hat schon schlecht angefangen. Olga ist im Sessel vor dem Fernseher aufgewacht. In der Nacht hat sie die Sache mit dem Zug verfolgt und ist dabei irgendwann eingeschlafen. Um jetzt festzustellen, dass Marta und die Kleine nicht angerufen haben. Was sie sonst jeden Abend tun, nach der Telenovela. Marta hätte wirklich anrufen können, erst recht an einem Montagabend, alle im Viertel wissen schließlich, dass sie dann mit ihren Einnahmen unterwegs ist. Aber so wie es aussieht, macht Marta das absichtlich nicht. Die kann ganz schön stur sein. Deshalb ist Olga jedenfalls los – Marta hat keine ihrer Nachrichten beantwortet, und da hat sie sich Sorgen gemacht. Und Evelyn ist auch nicht wie sonst jeden Morgen auf dem Weg zur Schule an ihrem Haus vorbeigekommen.

Sie geht weiter, so schnell sie kann. Zu allem Übel sind die Tipubäume dieses Jahr so früh dran, mit ihren glatten Ledersohlen rutscht Olga immer wieder auf den am Boden liegenden gelben Blüten aus. Statt Zierbäume zu pflanzen, sollten sie lieber mehr Polizisten auf die Straßen schicken, dann bräuchte Olga sich nicht solche Sorgen zu machen, wenn die Kleine allein draußen unterwegs ist. Marta sagt, es sind bloß ein paar Querstraßen. Aber die lebt eben in ihrem Traumland. Sie kommt nicht mal auf die Idee, diesem Mistkerl von Vater, den sie sich für Evelyn ausgesucht hat, zu sagen, dass er die Kleine auf dem Schulweg begleiten soll. Olgas Anspannung wächst, die achthundert Meter bis zum Haus ihrer Tochter werden zu einer echten Geduldsprobe. Außerdem hat sie nicht gefrühstückt. Hätte Evelyn ein Handy, könnte sie sie einfach anrufen. Aber Evelyns Mama will das nicht. Nicht mal, was das angeht, hört Marta auf sie. So geht das jetzt schon seit über vierzig Jahren.

Als Olga bloß noch eine Querstraße entfernt ist, bleibt sie wie angewurzelt stehen. Zweifelt. Alles scheint ruhig zu sein. Einen Brand würde man von hier aus bemerken. Es muss etwas anderes sein. Sie hat Angst davor, weiterzugehen und auf etwas richtig Schlimmes zu stoßen. Dass die beiden in einer Blutlache auf dem Boden liegen. Oder spurlos verschwunden sind. Heutzutage schrecken die Kerle vor nichts zurück, verschleppen Mädchen, ohne mit der Wimper zu zucken. Auf Nimmerwiedersehen. Aber natürlich nicht jemanden wie Marta, was sollen sie auch mit der?

Olga kneift die Augen zusammen, um das Haus aus der Ferne besser in den Blick nehmen zu können. Weder Kranken- noch Feuerwehrwagen sind zu sehen. Dafür steht jemand vor der Tür. Sie will schon umdrehen und von zu Hause aus die 911 anrufen, da merkt sie, dass der Mann dort ein Polizist ist. Irgendwas muss passiert sein, sagt sie sich.

Um sich gleich darauf zu sagen: »Sie sind uns draufgekommen.«

Barfuß und mit fleckigem Hemd verlässt Hugo, von niemandem bemerkt, das Krankenhaus durch den Haupteingang. Draußen ist es schon hell. Mühsam hält er sich aufrecht, während er zwischen Leuten durchgeht, die sich auf jeden stürzen, der einen weißen Kittel anhat. Polizisten sind nirgendwo zu sehen, Marta auch nicht. Im Schutz der Übertragungswagen schleicht er über den Parkplatz. Anschließend verfällt er in leichten Trab. Der morgenfeuchte Boden unter den brennenden Fußsohlen ist angenehm kühl. Als er die Autobahn unterquert hat, beschleunigt er das Tempo, sosehr dies einem Menschen möglich ist, der gerade erst einen schweren Unfall überstanden hat. Als sich seine Panik und Begeisterung ein paar Querstraßen weiter ein wenig gelegt haben, macht er eine Pause, um Atem zu holen.

Suchend sieht er sich nach einem Straßenschild um. Pastor Obligado, genau in der Mitte des von den Bahnhöfen Haedo und Ramos Mejía sowie dem Posadas-Krankenhaus gebildeten Dreiecks. Eine gefährliche Gegend. Er betrachtet sich im Seitenspiegel eines parkenden Autos. Er sieht so weit gut aus. Kein Blut im Gesicht. Betos Haus ist ungefähr tausend Querstraßen von hier entfernt, aber wo soll er sonst hin? Und wie, wenn nicht zu Fuß?

In der Hosentasche sind achthundert Pesos. Super, Alejo! So kann er sich unterwegs etwas zu essen kaufen. Ein Diebstahl ist das aber nicht, sondern ein Unfall. Wie die Sache mit dem Zug. Oder die mit Beto und Pamela und dem Motorrad. Oder die mit Carlos David. Absicht war dabei nirgendwo im Spiel.

Hugo hält Ausschau nach einer Bäckerei. Er hat Lust auf Croissants, ein allzu großes Risiko geht er damit nicht ein –

zu diesem Zeitpunkt haben sie wahrscheinlich noch keine Suchaktion nach ihm gestartet, falls das überhaupt geschieht. Wenn er sich beeilt, kann er vielleicht sogar für dreihundert Pesos Lotto spielen. Welche Zahlen passen zu dem, was ihm seit gestern passiert ist? Dreizehn, dreizehn, dreizehn.

Er sucht sich seinen Weg durch kleine Nebenstraßen, abseits der Hauptverkehrsadern. Und er bemüht sich, möglichst normal zu gehen, damit niemand den Blick auf seine Füße richtet. Auch wenn die schon ganz wund sind. Stärker noch belasten ihn jedoch seine Zweifel. Vor allem, was Marta und Beto und ihn selbst betrifft. Marta ist intelligent. Was Beto angeht, ist er sich nicht so sicher. Dem steht das Wasser auch bis zum Hals. Es war seine Idee, die Sache im Handumdrehen zu erledigen. Hugo hätte lieber erst mal ein bisschen nachgedacht, sich das Ganze genauer zurechtgelegt. Dann säßen sie jetzt vielleicht auch nicht dermaßen in der Scheiße, dann könnte Hugo jetzt vielleicht einfach nach Hause gehen und die Blasen an seinen Füßen ausheilen lassen. Ganz schön krank, dieser Beto. Ein Missgeschick kann jedem mal passieren, aber von vornherein mit dem Sack ankommen und dann eigentlich bloß noch nach Plan vorgehen – also dieser Beto kann einem schon Angst machen. Jetzt muss er jedenfalls erst mal ein bisschen süßes Gebäck besorgen. Und dann setzen sie sich zusammen und denken gründlich nach. Besser spät als nie.

Als die Avenida Rivadavia bereits ein ziemliches Stück hinter ihm liegt, wird ihm schwindlig. Er setzt sich auf den Bordstein, den Kopf zwischen den Knien. Er riecht nach Pisse. Und ihm ist kalt. Und er ist unglaublich müde. Und wüsste gern, ob Evelyn nach ihm gefragt hat. Am liebsten würde er einfach hier sitzen bleiben und warten. Auf Marta, auf Beto, auf die Polizei – wer auch immer ihn zuerst findet. Er versucht, sich auszumalen, wie die anderen um ihn trauern, und dass er dann, wie in einem Zombiefilm, auf einmal mit der Tüte aus der Bäckerei vor ihnen auftaucht. Beto muss ihm aber so oder so helfen, weil er in der Sache mit drinsteckt. Weil das alles bloß ein großer Irrtum ist. Weil sie wahrscheinlich auch nach ihm suchen. Wer weiß, ob er inzwischen gequatscht hat.

Olgas Neugier ist größer als ihre Befürchtungen, also beschließt sie, dem Polizisten, der vor Martas Haus herumschnüffelt, von sich aus ein paar Fragen zu stellen, bevor er sich an sie wendet.

»Hallo.«

»Guten Morgen.«

»Wer sind Sie?«

»Und Sie?«

»Das braucht Sie nicht zu interessieren. Aber Sie sind von der Polizei. Was machen Sie hier?«

»Sie müssen die Mutter von Frau Lacase sein, Marta Lacase.«

»Nein. Wie kommen Sie darauf? Was ist denn mit ihr?«

»Also hören Sie, sie ist Ihnen wie aus dem Gesicht geschnitten.«

»Ist was passiert?«

»Es geht um einen Mord. Aber keine Sorge …«, sagt Domínguez, obwohl ihm längst klar ist, dass die Frau ihm gegenüber sich nicht so leicht einschüchtern lässt.

»Ein Mord? Was sagen Sie da? Marta hat niemanden ermordet.«

»Eigentlich suche ich nach ihrem Mann.«

»Ich bin verwitwet.«

»Nach dem Mann von Marta. Wie heißen Sie denn?«

»Olga Sanabria. Marta ist nicht verheiratet, da muss ein Irrtum vorliegen.«

»Wie auch immer, der Mann, nach dem ich suche, heißt jedenfalls Hugo Víctor Lamadrid.«

»Mit dem ist sie aber nicht verheiratet.«

»Ist ja auch egal. Aber haben Sie ihn gesehen? Haben Sie mit ihm gesprochen?«

»Was hat er denn getan?«

»Hat Ihre Tochter Ihnen nichts erzählt? Hat sie Sie nicht angerufen?«

»Stellen Sie mir nicht so viele Fragen, das macht mich ganz nervös. Was ist denn mit Marta?«

»Mit Marta? Nichts. Ihr Schwiegersohn wird verdächtigt, ein Verbrechen begangen zu haben.«

»Na gut. Er ist aber nicht mein Schwiegersohn.«

»Möglicherweise gehört er zu den Opfern des Zugunglücks. Aber wollen wir nicht reingehen? Haben Sie einen Schlüssel?«

»Haben Sie einen Durchsuchungsbefehl?«

»Nein, deshalb habe ich ja geklingelt und nicht die Tür aufgebrochen.«

»Ist Hugo bei dem Unglück gestorben?«

»Hören Sie, ich bin nicht gekommen, um Sie nervös zu machen.«

»Warum wollen Sie eigentlich in das Haus, wenn Sie sowieso schon alles wissen?«

Schließlich gibt Olga nach, schließt die Tür auf, und die beiden betreten Martas Haus. Es gelingt Olga ziemlich gut, sich die Überraschung nicht anmerken zu lassen.

»Sehen Sie? Niemand da.«

»Hier ist aber ein ganz schönes Durcheinander.«

»Ob Einbrecher da waren? Und wenn sie sie verschleppt haben?«

»Wer denn?«

»Keine Ahnung, Sie sind doch von der Polizei. Wie heißen Sie eigentlich?«

»Domínguez. Osvaldo Domínguez.«

»Das klingt irgendwie so normal, ich hätte was anderes erwartet …«

»Sehen Sie mal den Kleiderschrank durch, vielleicht fehlen ja Sachen. Könnte es sein, dass sie irgendwo hingefahren sind?«

»Warum fragen Sie mich das? Woher soll ich das wissen? Bei Marta ist es immer unordentlich. Und wenn sie entführt worden sind?«

»Hat jemand bei Ihnen angerufen?«

»Nein! Deshalb mache ich mir ja solche Sorgen.«

»Also, was das angeht, können Sie unbesorgt sein. Entführt worden ist niemand.«

Olga fragt, ob er einen Kaffee möchte, und zum Glück sagt Domínguez Ja. So hat sie ein bisschen Zeit zum Nachdenken. Während das Wasser durch den Filter läuft, ergreift sie erneut die Initiative.

»Aber wenn Hugo unter den Toten ist, warum sind Sie dann überhaupt hier? Damit hätte sich die Sache doch erledigt.«

»Sein Name steht nicht auf der Liste. Aber es gibt zwei nicht identifizierte Leichen. Eine davon könnte Hugo sein. Viel zu identifizieren gibt es allerdings nicht, ehrlich gesagt. Es handelt sich bloß um diverse Reste.«

Olga wedelt mit der Hand, als wollte sie die Fliegen verscheuchen, die um die besagten Reste herumschwirren.

»Und Marta? Und die Kleine?«

»Warum rufen wir sie nicht einfach an und fragen sie selbst?«

»Ich habe mein Handy nicht dabei. Außerdem ist mein Guthaben alle.«

»Na gut, ich rufe an, einverstanden? Sie können dann auch mit ihr sprechen.«

»Und wer sagt ihr das mit Hugo?«

»Das habe ich ihr schon gesagt. Das mit dem Mord, meine ich. Das mit den nicht identifizierten Leichen aber noch nicht.«

»Und was hat sie dazu gesagt?«
»Nichts.«
»Sehen Sie?«

Beto erschrickt, als es klingelt. Was kommt jetzt? Handschellen, die Jacke überm Kopf, der Chor der Nachbarn, die ihn beschimpfen, Fernsehkameras, die sich ihm an die Fersen heften, bis man ihn in einen Polizeiwagen stößt? Hugo sagt immer, er würde sich zu viele Serien anschauen, im echten Leben interessiere sich kein Mensch für jemanden wie Carlos David Cristaldo, auch das Fernsehen nicht. Aber was hilfts, er muss nachsehen, wer da ist, ewig kann er sich nicht taub stellen. Draußen steht Hugo und hält gut sichtbar eine Tüte vom Bäcker vor den Türspion. Eigentlich sollte Beto erleichtert sein.

»Kannst du nicht vorher anrufen?«

»Ich hab mein Handy verloren. Aber wenn du gerade eine Kleine dahast, kann ich auch wieder gehen.«

Zur Bekräftigung seiner Worte dreht er sich um, doch Beto hält ihn zurück und zieht ihn über die Schwelle. Anschließend streckt er noch einmal den Kopf hinaus und sieht nach links und rechts, bevor er die Tür zuknallt. Er weiß schon, was jetzt kommt. Hugo wird wie üblich alles herunterspielen, behaupten, er leide unter Verfolgungswahn, und so tun, als ginge sie das alles nichts an. Aber diesmal ist es anders.

»Die Polizei war bei mir. Sag bloß, du hast das nicht gewusst.« Mit dem Zeigefinger der anderen Hand – nicht der mit der Bäckertüte – deutet er auf ihn.

Beto sieht ihm wortlos in die tief sitzenden Augen. Die Lage wird immer verzwickter. So gehts, wenn man kein Profi ist, wenn man sich wie ein hirnloser Idiot anstellt. Hugos Gesicht schimmert grünlich, die Haut spannt sich über den spitzen Wangenknochen. Immer noch deutet er vorwurfsvoll mit dem Finger auf ihn und hält ihm mit der anderen Hand die Tüte entgegen. Beto legt seinerseits mit ausgestrecktem Zeigefinger und erhobenem Daumen auf ihn an.

»Ich bin gerade am Abnehmen, schon vergessen?«

»Schwuchtel …«

Weiter starren sie sich an wie zwei Cowboys kurz vorm Duell, bis Beto etwas auffällt. Hugo ist barfuß. Sein Hemd ist zerrissen, die Hose hat Flecken, sein Blick flackert. Offensichtlich ist er mal wieder völlig durch den Wind. Offensichtlich muss Beto mal wieder allein für sie beide nachdenken, die Entscheidungen treffen, alles Nötige beschaffen, bei Marta unter einem Vorwand den Reisesack ausleihen, über die Autobahn rasen, hinter sich auf dem Sitz das notdürftig festgezurrte tonnenschwere Bündel, das er anschließend auf dem Rücken zu diesem Scheißbach schleppen muss – während Herr Hugo eiligst nach Hause zurückkehrt, damit er bloß keinen Ärger bekommt. Trotzdem behauptet er anschließend, er, Beto, habe die Sache verkackt. So was von dreist, Beto weiß gar nicht, worüber er sich am meisten aufregen soll.

»Du hast Angst, ich würde mit den Bullen sprechen, und gehst trotzdem erst mal Kuchen kaufen. Um acht Uhr morgens. Mit Blutflecken auf der Hose.«

»Hab ich nicht gemerkt«, sagt Hugo und starrt weiter ins Nichts. Endlich senkt er die Arme und zieht einen Stuhl heran. »Schon mal was von posttraumatischem Stress gehört? Genau das hab ich jedenfalls, glaube ich.«

»Schwachkopf.«

Beto fragt, ob er Kaffee möchte, und Hugo sagt, ja, mit Milch. Dann packen sie das Gebäck aus. Hugo greift hastig nach dem Stück, das er schon beim Bäcker für sich reserviert hatte, und bringt seine Erzählung kauend in eine geordnete Reihenfolge: der Zug, die Unterhaltung mit dem heiligen Expeditus, Martas Nachricht, die Befreiung.

»Das kam schon in den Nachrichten. Die haben die Leute durchs Dach rausgeholt. Aber dich habe ich nicht gesehen.«

»Oh, tut mir leid, dass ich dir nicht zugewunken habe.«

Betos Wut verwandelt sich in das Gefühl, das er seit jeher Hugo gegenüber empfunden hat, der wiederum zu jammern anfängt, weil die ganze Nacht niemand angerufen hat, um zu fragen, wie es ihm geht.

»Du hast doch dein Handy verloren, wie willst du dann wissen, ob jemand angerufen hat?«

»Stimmt. Der Einzige, der hier klar denken kann, bist du.«

Was früher als Lob gemeint war, hört sich jetzt eher nach einem Vorwurf an. Beto kann nicht erkennen, ob sein Freund gekommen ist, um bei ihm unterzuschlüpfen oder um ihn endgültig zu ruinieren – vielleicht auch beides. Höchstwahrscheinlich hat er sich aber überhaupt nichts dabei gedacht. Zur Abwechslung.

»Du musst zum Arzt, vielleicht ist bei dir innerlich irgendwas kaputt. Denk an Pamela.«

»Das tue ich die ganze Zeit. Auch, wie sehr dich die Geschichte mit ihr verändert hat … Jetzt bist du total kaltblütig. Weil – ich hab echt Scheiß gebaut, aber du, du warst total cool.«

Beto denkt über Hugos Worte nach, auch darüber, was sich dahinter verbirgt. Aber genug geredet, er muss jetzt zur Arbeit. Er sagt Hugo, er kann ein paar Tage bei ihm bleiben, wenn er will – als hätte er eine andere Wahl. Er lässt ihm den Schlüssel da, sagt dazu, er soll niemandem aufmachen. Und vor allem nicht noch mehr Scheiß reden.

Im Studio spricht Sandra Lagos in die Kamera, hält aber gleichzeitig Blickkontakt zu den Angehörigen, die dahinter zwischen den Kabeln stehen und warten. Wie auch immer sie das macht. Marina bietet ihnen Kaffee an, der älteren Dame und dem jungen Mann, die gerade damit beschäftigt sind, auf ihren Handys die Fotos rauszusuchen, um die sie gebeten hat. Sie schicken sie ihr per WhatsApp. Schminken hat sie sie nicht lassen, das wäre ein bisschen pietätlos gewesen. Rifle hat aufgehört zu nerven, wahrscheinlich ist er joggen gegangen.

Noch vor Tagesanbruch war das Thema eigentlich ausgeschöpft, ehrlich gesagt. Am frühen Morgen stand auch schon die Opferliste. Marina geht noch einmal die Telefonnummern durch, die sie zusammenbekommen hat, im einen oder anderen Fall beginnt womöglich gleich an diesem Nachmittag die Totenwache. Vor dem Krankenhauseingang ist nichts los. Die Ärzte kommen erst gegen Mittag raus, bis dahin lässt sich also nicht sagen, wie viele überlebt haben oder aber doch noch gestorben sind. Die nur leicht Verletzten sind bereits vom ersten Kamerateam interviewt worden.

Die Angehörigen unterhalten sich, erzählen einander, wie sie von dem Unglück erfahren haben. Marina entschuldigt sich und bittet sie, leiser zu sprechen, verspricht, dass sie bald gehen können, und entschuldigt sich noch einmal. Vor Ort, am Bahnhof, finden sich nur mehr Leute ein, die nichts zu erzählen haben. Bis die Kerzen und Kränze eintreffen, dauert es noch. Alles, was sie tun können, ist also warten.

Sandra Lagos nähert sich der älteren Dame und dem jungen Mann. Ihr legt sie zur Begrüßung die Hand auf die Schulter, ihm gibt sie die Hand. Die Kameras schwenken auf das

Studiowohnzimmer, in dem die drei jetzt Platz nehmen. Als das Gespräch beginnt, verlässt Marina den Aufnahmebereich und geht in den Regieraum. Sie sieht nach, was auf den anderen Sendern los ist. Schaulustige am Bahnhof, der zusammengequetschte Waggon in der Morgensonne. Auf dem Bahnsteig kein Mensch. Auch am Krankenhauseingang ist niemand. Die Gesichter von Sprechern anderer Programme, die mit irgendwelchen offiziellen Stellen telefonieren. Sandra Lagos fragt die Angehörigen, ob jemand von der Regierung bei ihnen angerufen hat. Alles geht seinen vorgeschriebenen Gang. Marina schenkt sich Kaffee ein und isst das Croissant, das sie sich bis jetzt vorenthalten hat. Rifle bittet per WhatsApp um die Telefonnummern der beiden Angehörigen, die gerade von Sandra Lagos befragt werden.

Evelyn kommt aus dem »Büro« und geht durch den Flur zur Küche. Marta versucht, das Thema zu wechseln, aber ihr fällt so schnell nichts ein. Mónica ergreift die Initiative.

»Ich war in Las Vegas.«

Ihre Schwester und ihre Nichte starren sie ungläubig an.

»In Las Vegas, in den USA.«

»Ich weiß, wo Las Vegas ist. Aber wann? Du hast mir nichts davon erzählt.«

»Marta, wir haben schon seit Monaten nicht mehr miteinander gesprochen. Erst gestern Abend wieder, als du mir die WhatsApp geschickt hast, dass ihr kommt.«

»Schon gut, trotzdem brauchst du mir das nicht extra unter die Nase zu reiben. Sobald es geht, hauen wir wieder ab.«

»Nein, du wirfst mir doch vor, dass ich nichts erzählt habe.«

»Eben, dann erzähl doch mal.«

»Das war zur Belohnung, weil ich nie krank bin.«

»Das musst du Evelyn genauer erklären. Tante Mónica geht nämlich immer zur Arbeit, sie hat keinen einzigen Fehltag, und dafür haben sie ihr eine Reise nach Las Vegas spendiert.«

»Das habe ich schon kapiert, Mama. Und wo bist du abgeflogen? Haben sie dich mit dem Auto nach Ezeiza gebracht?«

»Ja. Ich bin im Kombitaxi von hier nach Buenos Aires gefahren, direkt zum Flughafen, wie eine Königin.«

»Echt? Die ganze Strecke im Taxi? Du gehst mit einem von den Bingo-Chefs ins Bett, gibs zu.«

»Im Taxi, genau. Zur Belohnung, weil ich nie krank bin, wie gesagt. Außerdem ist es kein Bingo, sondern ein Kasino.«

»Warst du im Sommer da, Tante Mónica? Gabs einen Pool?«

»Ich weiß nicht, da sind überall Klimaanlagen. Keine Ahnung, welche Jahreszeit es war. Ich war jedenfalls im August dort.«

»Da siehst du's, Evelyn, deine Tante fliegt mal eben schnell nach Las Vegas! Aber doch nicht etwa, um zu heiraten, oder? Wie lang warst du denn dort? Eine Woche oder so?«

»Drei Stunden.« Dass ihre Schwester sie so enttäuscht ansieht, ärgert Mónica. »Ich hatte kein Visum, was soll man machen. Einen Reisepass konnte ich mir auf die Schnelle besorgen, aber kein Visum. Und ich hatte nur zwei Tage zur Vorbereitung, weil sie dort einen neuen Automaten vorstellen wollten.«

»Aber dann bist du ja zum Arbeiten da gewesen! Tolle Belohnung, Mónica!«

»Natürlich war das eine Belohnung! Glaubst du, die würden jeden nach Las Vegas schicken? Du bist eben schon lange nicht mehr in der Berufswelt unterwegs, du hast ja keine Ahnung, wie hart die Konkurrenz inzwischen überall ist.«

Mónica ist klar, dass sie Marta schmerzhafter ans Schienbein getreten hat als Marta ihr, aber das lässt sich jetzt nicht mehr rückgängig machen. Entweder sie spricht weiter, oder Evelyn fragt, was mit Hugo ist.

»Sie haben sich für mich entschieden, weil ich mich so gut mit den Automaten auskenne. Du hast ja keine Ahnung, was das für ein Apparat war. Ultramodern.«

»Aber hättest du nicht wenigstens ein paar Tage bleiben können?«, fragt Marta lustlos.

»Sie haben bei der Botschaft eine Ausnahmegenehmigung für mich besorgt, irgendwo ganz oben, nur damit ich hinfahren konnte. Aber ohne Visum darfst du dich maximal zwölf Stunden auf deren Territorium aufhalten.«

»Hast du dir im Flugzeug einen Film angeschaut, Tante Mónica?«

»Natürlich.«

»Und welchen?«

»Den, der dir so gut gefällt … Mit dem mageren blassen Jungen … Das hast du mir bei deiner Kommunion erzählt.«

»Das ist ja schon lange her.«

»Evelyn, jetzt lass sie doch mal von Las Vegas erzählen.«

»Schön ist es dort. Alles total sauber. Auch der Flughafen, perfekt organisiert. Als ich angekommen bin, haben sie mich gleich zu einem Wahnsinnsauto gebracht. Damit sind wir nach Las Vegas gefahren. Das kannst du dir nicht vorstellen … Als wärst du in Europa und den USA gleichzeitig. Ich bin ins Paradise … Paradise … Paradise soundso. Da haben sie mich durch den Hintereingang reingelassen, weil ich bei der Show als Überraschung auftreten sollte. Aber du hast ja keine Ahnung, wie dort ein Hintereingang aussieht. Der war tausend Mal luxuriöser als jeder Hoteleingang bei uns. Ich bin ganz schnell rein, weil die Show gleich anfangen sollte. Ich hab mich geschminkt, so gut es ging, vom Flug hatte ich riesige Augenringe, und eigentlich hätte ich unbedingt pinkeln müssen. Der Automat war mit einem Tuch bedeckt, und auf ein Zeichen hin bin ich rein. Alles war hell erleuchtet. Und dann habe ich ihn enthüllt, wie ein Denkmal. Anschließend haben wir sämtliche Funktionen vorgeführt. Der Mann hat erklärt, wie alles geht, und ich konnte ihn perfekt verstehen, obwohl ich kein Wort Englisch spreche. Als hätten wir alles genau einstudiert. Es war wirklich total magisch.«

»Und hast du irgendwelche berühmten Leute gesehen?«, fragt Evelyn, die sich sichtlich langweilt.

»Jede Menge!«

»Wen denn?!«

»Die Namen weiß ich nicht, aber die waren bestimmt berühmt.«

Das Klingeln von Martas Handy holt sie aus Las Vegas zurück. Schweigend betrachten die drei den Apparat. Unbekannte Nummer.

»Es klingelt, Mama.«

»Na und? Ist doch egal.«

»Und wenn es Papa ist?«

Beto hat den Laden nicht aufgemacht. Er sitzt schon beim dritten Kaffee an diesem Morgen in der Bar an der Ecke und verfolgt aus dem Augenwinkel, was im Fernsehen läuft. Das viele Koffein macht sich in seinem unruhigen Bein und den dahinrasenden Gedanken bemerkbar. Der Fernseher ist auf stumm geschaltet, das Einzige, was man hört, ist das leise Klappern des Kaffeelöffels, der auf der Untertasse liegt und durch die Stöße von Betos nervösem Knie gegen den Tisch in Bewegung versetzt wird.

In den Nachrichten werden noch einmal die Rettungsarbeiten nach dem Zugunglück gezeigt, sie sind mitten in der Nacht aufgenommen, per Zoom, aus über hundert Metern Entfernung. Man sieht so gut wie nichts, bloß bläuliche Schatten. Vielleicht ist auch alles nur gestellt, wie die Aufnahmen von der ersten Mondlandung. Beto gehört zu den Leuten, die überzeugt sind, dass das damals reine Montage war. Das ist sein Lieblingsstreitthema mit Hugo. Hugo glaubt die ganze Chose. Er wäre bestimmt ein großer Journalist geworden, sagt Beto, um ihn zu verletzen. Beide wissen, dass das nicht stimmt. Irgendwann sind ihre Unterhaltungen so bitter und zynisch geworden.

In Hugos Fall ist das Problem, dass er tatsächlich große Erwartungen hatte, und der Scheiß, den er jetzt ständig baut, entspricht dem Ausmaß seiner Frustration. Für Beto dagegen ging es immer nur ums Überleben. Weshalb er beschließt, sich auch weiterhin darauf zu beschränken.

Da das Telefon nicht aufgehört hat zu klingeln, haben sie Evelyn kurzerhand aus der Küche geschickt. Was solls, sie hat ohnehin Wichtigeres zu tun. Dass Mama und Tante Mónica wieder beschäftigt sind, ist die Gelegenheit, um endlich Miss Lauras Handy an einem guten Platz zu verstecken. Aber wo? Wo denn? Bei Tante Mónica ist alles so aufgeräumt und ordentlich, dass man nichts einfach hinter irgendwas schieben oder irgendwo reinstecken kann. Alles ist blitzsauber, jedes Ding an seinem Platz; warum sie nicht geheiratet hat, bei dem super Haus, das sie besitzt, ist und bleibt ein Geheimnis.

Zwei Fächer von Mónicas »Büro«-Schrank sind vollgestopft mit den Sachen, die die Tante verkauft. Darunter mehrere Schachteln in Handy-Größe. Das ist die einzige Möglichkeit. Und zugleich das kleinere Übel: Sollte die Käuferin einer dieser Schachteln zusätzlich ein Handy darin vorfinden, wird sie sich wohl kaum beschweren. Mit einem Cutter, den sie in der Schreibtischschublade entdeckt hat, öffnet Evelyn vorsichtig eine davon. Sie weiß, was sich im Inneren befindet, trotzdem staunt sie, als sie den Apparat rausholt. Hier muss ein Irrtum vorliegen. Vielleicht ist es auch nur eine Attrappe. Auf der Schachtel steht *Vibrator*. Wie überhaupt die ganze Beschreibung auf Englisch ist. *What the fuck!* Ist *das* Teil riesig!

Mama und Tante Mónica sind immer noch mit ihren Sachen beschäftigt, also hat Evelyn Zeit, das Wunderding ein Weilchen in Augenschein zu nehmen, bevor sie das belastende Beweisstück versteckt. Mit einem Lineal misst sie nach – siebzehneinhalb. Martín sagt, wenn seiner steif ist, ist er ungefähr zwanzig Zentimeter lang, also ist der hier offenbar nicht mal was Besonderes. Von der Größe steht nichts auf der

Schachtel. Evelyn schätzt, dass es Medium ist. Martín sagt immer: Irgendwann musst du dich trauen, ein bisschen weh tut es aber schon. Evelyn wundert sich, dass die Dinger in diesem Zustand verkauft werden, also sozusagen voll aufgerichtet. Die Farbe gefällt ihr. Unweigerlich muss sie an den Typen denken, der einmal am Schultor sein Ding gezeigt hat. Es war total eklig, viel ekliger als das hier. Haben wenigstens die anderen Mädchen gesagt, denn Evelyn hat sich, als Einzige, die Augen zugehalten und folglich nichts gesehen, weshalb jetzt bis auf sie alle wissen, wie ein Schwanz aussieht.

Sie legt Miss Lauras Handy in die Schachtel, weiß anschließend aber nicht, wohin mit dem Vibrator. Unmöglich, beides zusammen passt nicht in die Schachtel. Also wohin damit? Für ihr Federmäppchen ist er zu groß. Für ihren Mund auch. Wie machen die anderen das wohl – mit dem Mund –, das Ding ist doch größer als ein Hotdog. Darum bekam Martíns Schwester auch Brechreiz, als sie jemandem zum ersten Mal einen blasen wollte. Aus der Küche sind Geräusche zu hören. Evelyn steckt den Vibrator hastig in die Tasche ihres Kapuzenpullis und läuft ins Bad.

Mónica ist beleidigt wegen der Sache mit Las Vegas und räumt, Marta den Rücken zukehrend, die Küche auf. Von Evelyn ist nichts zu hören. Erneutes Telefonklingeln hallt in der stillen Küche wider. Die Nacht ist schon seit einer Weile zu Ende, und jetzt muss einfach mal was passieren. Trotzdem rührt sich Marta nicht. Sobald sie diesen Anruf entgegennimmt, wird, was auch immer gerade abläuft, über sie hereinbrechen, so wütend entschlossen wie die Sonne, die bereits durchs Fenster scheint und den gesamten Raum in Beschlag nimmt. Mónica hat es irgendwann satt, sie greift nach dem Apparat, drückt auf den grünen Knopf, übergibt das Telefon ihrer Schwester und räumt weiter auf.

Olga bedauert, dass sie ihre eigenen Handys nicht dabeihat. So hat der Polizist die Kontrolle über die Situation, und ihr bleibt bloß die Rolle der Kommentatorin am Rande. Als Marta sich meldet, gibt Domínguez Olga durch ein Zeichen zu verstehen, dass sie sich gedulden soll, aber zu spät: »Sagen Sie schnell etwas, bevor sie wieder auflegt«, weist Olga ihn an.

»Mama?« Marta erkennt die Stimme am anderen Ende der Leitung.

»Nein. Ich bins, Kommissar Domínguez.«

»Fragen Sie sie, wo sie ist«, ruft Olga, die das Gespräch nach ihren Vorstellungen leiten möchte.

»Falls Sie auf der Suche nach Hugo sein sollten, der ist schon ganz früh los«, sagt Marta schlagfertig.

Das Handy am Ohr, entfernt Domínguez sich von Olga, mit gesenktem Blick, als suchte er auf den Fliesen nach den passenden Worten, um Marta klarzumachen, dass sie dabei ist, einen großen Fehler zu begehen, und zugleich zu verhindern, dass sie einfach auflegt. Er bittet sie um Mithilfe. Sie braucht nicht zu lügen, sie gehört nicht zu den Verdächtigen. Nur ein paar Fragen, dann kann sie mit ihrer Mutter sprechen.

»Ich möchte nicht mit meiner Mutter sprechen. Ich bin bei meiner Schwester, in Colón.«

Mónica schüttelt empört den Kopf, macht eine abwehrende Handbewegung, ihr ganzer Körper sträubt sich, dann stellt sie in ihrer Hilflosigkeit den Wasserkessel auf den Herd und kippt das Mategefäß aus, alles begleitet von wütendem Knallen.

»Bei Mónica! Ja, spinnt die denn? Evelyn muss in die Schule! Marta, hör zu, der Kommissar ist hinter Hugo her, anscheinend hat er was angestellt«, schreit Olga hinter Domínguez' linker Schulter. Der verzieht sich, ihr weiterhin den Rücken zukehrend, in eine Ecke, um die Kontrolle über die Situation zu behalten.

Jetzt ist er buchstäblich eingekreist. Also beschließt er, sich vorläufig aufs Wesentliche zu beschränken. Er fragt, ob Marta etwas von ihrem Mann gehört, ob er angerufen oder sich sonst wie mit ihr in Verbindung gesetzt hat. Olga ruft, ihre Tochter sei nicht verheiratet, und dieser Hugo rufe nie an, von wegen, schon gleich gar nicht, wenn er auf Verbrechertour geht. »Jetzt seien wir doch mal vernünftig!« So gut es geht, teilt Domínguez Marta mit, was sie längst weiß: Hugo ist weder tot noch verletzt, noch verhaftet, zumindest nicht auf dem Papier. Was sie noch nicht wusste, ist, dass es nicht identifizierte Reste gibt, wegen denen sich bislang noch niemand gemeldet hat.

Marta hat die Hoffnung nicht ganz aufgegeben, dass die Sache sich auch auf einfachere Weise lösen lässt: »Aber wenn er in dem Zug war, meinen Sie nicht, dass …«

»Geben Sie mir das Telefon!«, befiehlt Olga.

»Sie können sie später selbst anrufen.« Domínguez versucht, sich aus Olgas Umklammerung zu lösen, und wendet sich erneut an Marta. »Wahrscheinlich müsste man einen DNA-Abgleich machen, Sie wissen schon, mit Ihrer Tochter Evelyn.«

Mónica drückt ihrer Schwester einen frisch aufgegossenen Mate in die Hand und sieht sie dabei durchdringend an, als wollte sie sagen: »Pass bloß auf!«

Der Adrenalinstoß samt der Mischung aus heißem Wasser, Mateblättern und Zucker zeigt Wirkung – Marta geht in rasendem Tempo Punkt für Punkt ihre gegenwärtige Lage durch und verkündet dann, für sie selbst überraschend klarsichtig: »Das ist Ihr Problem. Sie haben Hugo entwischen lassen, nicht ich.«

»Da hat Marta recht«, sekundiert Olga. »Für uns ist er tot. Sagen Sie selbst, ob das nicht für alle das Beste ist.«

Eine Möglichkeit ist, sich der Situation zu stellen. Von sich aus zur Polizei zu gehen und zu reden, bevor Beto redet. Erzählen, was passiert ist. Ein Streit mit Carlos David, der aus dem Ruder gelaufen ist. Carlos David hat angefangen, der Ärmste. Besonders gut im Griff hatte er sich noch nie. Jedenfalls war es keine Absicht. Ein bisschen vielleicht, aber nicht, wie es ausgegangen ist, sozusagen. Und danach gleich mehrere falsche Entscheidungen, um einen Freund zu schützen. Beto, Alberto Luis Morales, hat nämlich noch keine Vorstrafen, keine einzige. Das ist die eine Möglichkeit. Erzählen, was passiert ist. Mit kleinen Freiheiten, geringfügigen Abweichungen. Im Wesentlichen aber liefern, was sie brauchen, auf Einzelheiten herumreiten werden sie wohl kaum.

Während Hugo unter der Dusche steht und das Wasser das Öl, den Dreck und das getrocknete Blut wegspült, geht er die ihm zur Verfügung stehenden Möglichkeiten durch und unterzieht seinen Körper einer kleinen Untersuchung. Er dreht den Kopf hin und her, macht eine Vier mit den Beinen, indem er sich nur auf das eine stellt und das andere anwinkelt. Dann schließt er die Augen und versucht, mit dem einen Zeigefinger seine Nasenspitze zu berühren, gleich darauf dasselbe noch einmal mit dem anderen Zeigefinger. Das macht er immer, wenn er Marta beweisen will, dass er nicht betrunken ist. Jetzt überprüft er auf diese Weise, dass sein Hirn keinen Schaden davongetragen hat. Er ist noch mal glimpflich davongekommen. Ganz ohne Schrammen wird es aber nicht gehen. Ein paar Monate Knast werden sie ihm schon aufbrummen.

Er bleibt noch ein Weilchen unter dem warmen Wasserstrahl stehen. Wirklich gut, Betos Dusche! Der führt gar kein schlechtes Leben. Hat genug Geld und alle Zeit der Welt nur für sich allein. So hat er immer schon gelebt, bloß dass dieses Leben auf einmal viel besser wirkt als Hugos Leben.

Ohne sich abzutrocknen, geht Hugo aus dem Bad und macht sich auf die Suche nach einer Mülltüte, in die er das dreckige Hemd, die blutbefleckte Jeans – ob das Blut seins ist oder von diesem Alejo, kann er nicht sagen – und die vollgepisste Unterhose stecken kann. Stinken tut alles. Ob er im Zug oder im Krankenhaus eingepinkelt hat, kann er auch nicht sagen. Er stellt die zugeknotete Tüte neben die Eingangstür und bleibt anschließend, immer noch nackt, schlagartig mitten im Esszimmer stehen. Er will verhindern, dass eine Idee, die ihm urplötzlich gekommen ist, sich ebenso plötzlich wieder aus dem Staub macht. Beto hat bei seinem hastigen Aufbruch in den Laden die Tüte mit dem Gebäck mitgenommen. Früher war er nicht so egoistisch. Die Idee löst sich trotz allem in Luft auf, ohne Gestalt anzunehmen. Ebendeshalb ist aus Hugo kein guter Autor geworden. Er hat zwar des Öfteren gute Einfälle, aber deren Ausarbeitung vermurkst er garantiert.

Klar ist nur, dass sie auf der Suche nach *ihm* sind. Und nicht nach Beto. Und dass zwischen der Ermordung Carlos Davids und dem, was danach kam, kaum ein Unterschied besteht. Jemanden töten, ihm die Knochen brechen, um ihn in einen Sack stecken zu können, die Leiche in einen Bach werfen, das läuft alles aufs Gleiche hinaus; in den Knast wandern sie dafür beide. Falls einer von ihnen beschließen sollte, zur Polizei zu gehen, um zu verhandeln, braucht er etwas Besseres als die Geschichte von zwei Losern, die einen Scheiß nach dem anderen bauen.

Olga sitzt dem Kommissar gegenüber, nimmt ein Stück Küchenpapier und faltet es einmal, zweimal, dreimal. Unterdessen trinkt Domínguez auf einen Schluck seine zweite, inzwischen lauwarme Tasse Kaffee. Als er gerade aufstehen und gehen will, hält sie ihn zurück.

»Warum wollen Sie alles so kompliziert machen? Und warum müssen Sie auch die Kleine mit reinziehen?«

Sie spricht ohne Punkt und Komma, nicht dass ihr Gegenüber die Gelegenheit nutzt und sich in einer Pause davonmacht. Sie versucht, ihn zur Vernunft zu bringen. »Zählen Sie doch einfach mal zwei und zwei zusammen«, sagt sie, während sie mit dem Fingernagel die Kanten des gefalteten Küchenpapiers glatt streicht. Zu wem sollen diese Körperteile gehören, wenn nicht zu Hugo? Es gibt bloß einen Vermissten. Und der befindet sich weder hier noch im Krankenhaus, noch sonst wo. Also ist *er* der Betreffende. Kein Mensch hat schließlich nach diesen Körperteilen gefragt. Das heißt, er ist es. Ganz bestimmt. Alles andere wäre total unlogisch. Würden andere Familien noch jemanden vermissen, wären sie längst im Fernsehen und würden ein Riesengeschrei veranstalten. Hätte Olga ihn als vermisst gemeldet, statt hier zu sitzen und ihm bei der Untersuchung zu helfen, was hätte der Polizeichef dann wohl zu ihr gesagt? Dass er der Betreffende ist. Wozu Geld für irgendwelche Laboruntersuchungen vergeuden? Sie sollen ihm einfach einen Körper zuordnen, sagen, dass es sich dabei um Hugo handelt, und fertig. Es gibt so viele Leute, um die sich jemand kümmern muss, die Polizei hat dermaßen viel zu bearbeiten – Raubüberfälle, Entführungen, Gewaltverbrechen –, warum will Domínguez dann ausgerechnet einen Fall verkomplizieren, der sich von selbst erledigt?

Der Kommissar fängt an, Olga die vorgeschriebene Vorgehensweise zu erklären, und merkt erst, dass er ihr in die Falle gegangen ist, als er sich einen Löffel von dem Pudding aus dem Supermarkt in den Mund schiebt und dazu seinen dritten Kaffee trinkt. Olga will trotzdem nicht begreifen, warum sie für einen so unbedeutenden Fall dermaßen viel Aufwand treiben.

»Und der Typ, den Hugo umgebracht hat, haben Sie nicht gesagt, der ist aus Paraguay? Ist dann nicht die Polizei von dort dafür zuständig?«

Olga will doch bloß das Beste für alle. Denn wenn Evelyns Vater getan hat, was die anderen sagen, warum soll die Kleine ihn dann unbedingt wiederhaben? Das soll nicht heißen, dass sie Hugo in Schutz nimmt, von wegen. Domínguez kennt sie nicht, andernfalls wüsste er, dass Olga dieser Hugo noch nie gefallen hat. Marta ist eine Meisterin darin, schlechte Entscheidungen zu treffen – sehen Sie mal, Domínguez, was sie gemacht hat: Sie hat einfach ihre Sachen gepackt und ist abgehauen. Aber irgendwer muss sich darum kümmern, die Angelegenheit in Ordnung zu bringen, schließlich ist Hugo der Vater ihrer Enkelin. Außerdem ist das für Evelyn eine großartige Chance, falls der Herr Kommissar versteht, was sie meint.

»Haben Sie Enkel, Señor Domínguez?«

»Nein. Ich habe mal geheiratet, aber Kinder habe ich keine. Und inzwischen bin ich wieder geschieden.«

»Sind Sie ein Workaholic?«

»Ein bisschen schon, ja.«

Domínguez bleibt noch ein Weilchen. Olgas Herumschwadronieren, um ihn dazu zu bringen, die Dinge so zu lassen, wie sie sind, amüsiert ihn und macht ihn neugierig. Eigentlich hat sie ja recht, es wäre wirklich am besten so. Für Hugo und für die Überreste, die niemandem zu gehören scheinen, wie auch für Marta und ihre Mutter, und ebenso für Evelyn und seinen Chef. Ja, auch für ihn selbst, schließlich hat er einen Verdächtigen von einem Ort entwischen lassen, von dem sich eigentlich niemand mit eigenen Mitteln entfernen konnte. Und wenn die Sache mit dem Handy rauskommt, gehört er auf einmal ebenfalls zu den Verdächtigen.

Aber trotzdem, gerade weil sie allen so gut in den Kram passt, gefällt ihm diese Lösung nicht. Er ist ein Workaholic, ja, das stimmt. Es geht ihm aber nicht um Wahrheit oder Korrektheit oder Gerechtigkeit, oder gar um das Gute oder irgendwelche anderen hohen Werte. Er kommt einfach nicht dagegen an – der Kreis muss sich schließen, alles muss zusammenpassen, das braucht er nun mal. Nur das. Sonst nichts. Und in diesem Fall gerät alles immer mehr durcheinander, genau wie die Körperteile, die keiner richtig zusammenbekommt.

»Sind Sie sich sicher, dass es um *zwei* Menschen geht? Woher wissen Sie das?«, fragt Olga und sagt gleich darauf, er soll ihr lieber nicht noch mehr darüber erzählen, das verträgt sie nicht.

Wenn es darauf ankommt, können Marta und Mónica sehr wohl an einem Strang ziehen. Die beiden zur Wahl stehenden Optionen lauten: Angesichts der Möglichkeit, dass Hugo noch am Leben ist, wie gelähmt hier in der Küche hocken bleiben und warten, bis er auftaucht, mit allen sich eventuell daraus ergebenden schlimmen Folgen. Oder aber sich darauf verlassen, dass er tot ist, und folglich die Frage anpacken, wie sie sich das Haus aufteilen, auf welche Schule Evelyn künftig gehen soll, und wie sie das mit dem Geld und allem, was sonst noch nötig ist, hinbekommen. Ohne langes Hin und Her entscheiden sie sich für Letzteres, flüsternd und mit einem Ohr auf die Geräusche lauschend, die durch den Flur zu ihnen dringen – nicht, dass Evelyn am Ende etwas mitbekommt. Aus diesem Grund bekommt Marta jedoch mit, dass ihre Kleine im Bad ist und weint. Für Evelyns Weinen hat sie noch immer ein feines Gehör, und dass das so zuverlässig funktioniert, gibt ihr das Gefühl, trotz allem eine gute Mutter zu sein.

Evelyns Warnsystem funktioniert allerdings genauso gut. Rasch drückt sie auf die Spülung, und das gesamte Blut verschwindet. Sie wischt sich die Tränen aus dem Gesicht, geht schnell zur Tür und macht auf. Gehen kann sie, aber es tut weh. Als würde sie von tausend Nadeln durchbohrt. Marta nimmt sie in die Arme, verspricht, dass sie nach Buenos Aires fahren und sich von Papa verabschieden werden und dass danach alles gut werden wird. Erst dann fragt sie, was los ist. Evelyn nutzt die Gelegenheit, dass beides passenderweise leicht zu verwechseln ist, und sagt, jetzt habe sie auch noch ihre Tage bekommen und ihr ganzer Bauch tue weh. Aber

Mónica erkennt den Knubbel, der aus dem spitzenbesetzten Leinenbeutel hervorsieht, wo sie die Baumwollpads aufbewahrt.

»Evelyn, das ist ein Long Pleasure 9000! Wo hast du denn den her?«

Mónica sieht Evelyn an wie einen auf frischer Tat ertappten kleinen Dieb und hält ihr dabei den Long Pleasure entgegen, mit der Spitze nach oben. Marta überlegt unterdessen, über wen sie sich mehr ärgern soll. Evelyn sagt kein Wort.

»Das ist nichts für Anfängerinnen, Evelyn!«

Jetzt platzt Marta endgültig der Kragen.

»Was redest du da, Mónica? Gehts noch?«

Evelyn begreift, dass es ihr gelingen muss, nicht zu weinen und den Schmerzen und der Angst nicht nachzugeben – dann tragen die beiden die Sache untereinander aus, und sie bleibt außen vor. Also hält sie den Schnabel und versucht, sich von dem winzigen Fleckchen unter dem Türrahmen zwischen Bad und Flur davonzustehlen, auf dem die drei sich in diesem Augenblick befinden. Bedrohliche Stille tritt ein. Die Spannung angesichts zweier aufeinander zurasender Züge ist nichts dagegen. Die Tante deutet jetzt mit der Spitze des Long Pleasure auf einen Punkt zwischen Evelyns Augen.

»Evelyn, das ist nichts für dich. Dafür bist du viel zu jung. Hast du das Riesending etwa benutzt?«

Marta wartet die Antwort gar nicht erst ab und schickt die Kleine in ihr Zimmer, Englischhausaufgaben machen. Evelyn protestiert – was für Hausaufgaben? Sie war doch gar nicht in der Schule! Mónica fügt hinzu, sie soll bitte nicht noch mal an eine ihrer Schachteln gehen.

»Den hier kann ich vergessen, so kann ich ihn nicht mehr verkaufen, aber falls du ihn behalten willst …«

»Spinnst du, Mónica? Sie ist noch ein Kind.«

Evelyn verzieht sich in ihr Zimmer.

»Stell dich nicht so an«, sagt Mónica, tritt ans Waschbecken, drückt auf den Seifenspender und fängt an, den Apparat zu bearbeiten, als würde sie einem Kerl einen runterholen. Das fällt Marta auf, jetzt ist aber nicht der Augenblick, um Mónica danach zu fragen – es macht jedenfalls ganz den Eindruck, als hätte sie tatsächlich endlich mal einem Kerl einen runtergeholt.

»Das ist kein Mann, das ist ein Vibrator. Du erlaubst ihr, Facebook zu benutzen, da kann sich jederzeit der Erstbeste an sie ranmachen. Du hast ja keine Ahnung, was da alles passieren kann. Aber wenn sie hier bei mir auf diesen Apparat stößt, bei ihrer Tante, machst du ein Riesentheater. Kontrollierst du ihre Facebookseite? Weißt du nicht, wie gefährlich das ist?«

»Und wenn sie sich verletzt hätte, Mónica? Mit deinem Massagestab.«

»Das ist ein Vibrator, Vi-bra-tor, kein Mensch sagt heute noch Massagestab.«

»Ist mir doch egal, wie die Dinger heißen. Man kann sich damit verletzen, die sind gefährlich.«

»Gefährlich sind die Männer, Marta.«

Die Hose und das verwaschene schwarze T-Shirt, die Hugo auf einem Stuhl neben dem Bett findet, sind ihm viel zu groß. Beto ist inzwischen total verfettet, nicht nur sein Körper, auch sein Hirn. In den Rucksack, den Hugo sich ebenfalls ausleiht, wandern verschiedene Sachen aus Betos Kleiderschrank – eine Hose, von der er nicht sagen kann, ob es sich um lange Bermuda-Shorts oder kurze Jeans handelt, zwei T-Shirts mit den Logos von Motorradzubehörfirmen und ein Kapuzenshirt mit Ferrari-Schriftzug. Er durchwühlt alle möglichen Schubladen, auch die vom Nachttisch, findet aber nirgendwo Geld. Als Nächstes nimmt er sich die Büchsen und Schraubgläser im Küchenregal vor, und da entdeckt er tatsächlich ein Bündel Scheine. Beto machts wie die alten Omas. Hugo verteilt die Beute auf die eine vordere Hosentasche und den Boden des Rucksacks. Zuletzt steckt er auch noch Betos Personalausweis und Monatskarte ein.

Der Kaffee, die Dusche und der Aufbruch tun ihm gut. Bevor er losgeht, will er sich noch einmal die Nachrichten ansehen, aber auf dem Tisch liegen gleich drei Fernbedienungen, und er weiß nicht, welche er benutzen soll. Der Bildschirm ist fast so groß wie die Wand, doch nirgendwo ist ein Knopf, auf den er einfach drücken könnte. Fernseher mit Ein- und Ausschaltknopf werden heutzutage offenbar nicht mehr hergestellt. Beto ist schon seit über einer Stunde weg. Hätte er ihn verraten wollen, wären sie längst hier. Hugo überlegt, ob er ihm trauen und mit ihm zusammen verhandeln soll. Sagen, dass sie mit dem Chef sprechen wollen, wegen einer Drogensache Aufnahme ins Zeugenschutzprogramm beantragen und dafür die verfluchte Alte auffliegen lassen. Zuerst müsste er aber wissen, wie die Sache genau funktioniert, ob die Anonymität tatsächlich gesichert ist. Zeuge A., Zeuge B., Zeuge X. So steht es zumindest immer in den Zeitungen. Vielleicht bekommen sie im Gegenzug sogar ein bisschen Kohle.

Aber dieser ultramoderne Fernseher ist extrem nervig, Hugo verflucht Beto dafür. Irgendwie bekommt er ihn dann doch an, aber der Ton ist so laut, dass Hugo erschrickt und fast durchdreht, bis er endlich auch diese Funktion in den Griff kriegt. Beto will einfach nicht erwachsen werden, kaum hat er ein bisschen Geld, kauft er sich einen monströsen Apparat wie diesen hier und ein Luxusmotorrad. Vorausdenken ist nicht seine Sache. Und ob er den Mumm hat, sich Olga in den Weg zu stellen, scheint mehr als fraglich. Bevor Beto selbst Entscheidungen treffen muss, arbeitet er lieber für sie. Allzu viel Unternehmergeist hat er jedenfalls nicht. Er ist ein Angsthase. Es ist viel bequemer, ein einfacher Soldat zu sein und jeden Montag sein Geld zu bekommen. Damit kauft er sich dann Hightechscheiß wie diesen Fernseher hier, bei dem kein Mensch weiß, wie er von einem Programm zum anderen gelangen soll, und das, wo Hugo einfach nur die Zusammenfassung des Spiels vom FC Tigre sehen will. Kann dieser verfickte Beto sich keinen normalen Fernseher zulegen? Er glaubt, er kann den reichen Protz raushängen lassen und niemandem fällt was auf. Der Typ ist gefährlich, vielleicht noch gefährlicher als Olga – die gehört wenigstens zur Familie.

Auf einmal ist Rifle auf dem Bildschirm zu sehen, Rifle Barrios, und Hugo verzichtet auf weitere Umschaltversuche. Außerdem kommt dann bestimmt gleich was über das Spiel. Aber da täuscht er sich – wenn Rifle über Sport berichtet, geben sie ihm die wichtigsten Partien, doch wenn es um Politik geht, spielt er bestenfalls in der zweiten Liga. Drei Typen, die kein Mensch kennt und die eigentlich wegen etwas ganz anderem gekommen waren, unterhalten sich über das Zugunglück. Und das Ganze ist eine Wiederholung vom Vorabend! Hugos letzte Begegnung mit Rifle ist noch gar nicht lange her, sie haben sich bei einem Grillabend gesehen, mit den Kollegen von vor zwanzig Jahren. Auf dem Rückweg hat er angefangen, mit Marta zu streiten – an irgendwem musste er seinen Frust schließlich ablassen. Dieser Rifle, der genüsslich zur Schau stellt, dass er jeden zweiten Tag eine andere bumst, mit seinen ultraspitzen Schuhen, knackig braun mitten im Winter – kein Kunststück, wenn sie dich zur WM schicken –, dieser Rifle also hatte nichts Besseres zu tun, als den ganzen Abend rumzujammern: Alles wird immer nur schlimmer und schlimmer, die totale Katastrophe, dagegen hat einer wie Huguito doch wirklich Glück, der ist mit anderen Dingen beschäftigt und bekommt von dem Wahnsinn nichts mit, echt beneidenswert, diese Lebensqualität, ein ganz anderer Rhythmus, viel menschlicher irgendwie, kommt nach Hause und wird von seiner Familie erwartet. Rifle, dieser Schleimer, mit seinem anbiedernden Gefasel – da ist ihm offene Verachtung tausend Mal lieber. Hugo wird ihm jedenfalls nicht den Gefallen tun und sich stellen, nur damit der Typ anschließend erzählen kann, dass er ihn gut gekannt hat.

Den Fernseher lässt er an, und die Tüte mit der dreckigen Kleidung vom Unfall steckt er in den Rucksack, die schmeißt er draußen irgendwo weg. Am Türspion hängt ein Bildchen des heiligen Expeditus. Das leiht Hugo sich ebenfalls aus, er lässt es in der hinteren Tasche der viel zu großen Hose verschwinden. Und geht.

Auch bei Olga hängt ein heiliger Expeditus am Türspion, durch dessen Weitwinkelobjektiv sie in diesem Augenblick Betos Gesicht betrachtet.

»Was willst du hier?« Nur um das zu sagen, öffnet sie die Tür, aber als sie sie schon wieder zumachen möchte, hält Beto sie mit einer Handbewegung zurück.

»Es ist wichtig. Hugo war nämlich bei mir und …«

Ein Blick Olgas genügt, um ihn verstummen zu lassen, woraufhin sie ihn ins Haus zieht. Anschließend streckt sie noch einmal den Kopf hinaus und sieht nach links und rechts. Zum Glück ist niemand sonst unterwegs. Sie kocht, weil sie allen ausdrücklich verboten hat, zu ihr nach Hause zu kommen. Noch mehr ärgert sie sich jedoch über das, was Beto ihr gerade mitgeteilt hat.

»Ist der Idiot nicht tot?«

»Nein.«

»Ihr seid mir vielleicht ein paar Schwachköpfe …«

Beto stammelt, dass er Gebäck dabeihat. Olga reißt ihm die Tüte aus der Hand und wiederholt alle ihm längst bekannten Vorwürfe: dass er ein Idiot ist, weil er einfach so zu ihr kommt, und ein Idiot, weil er Hugo zu seinem Geschäftspartner gemacht und auf diese Weise Arbeit und Familie vermischt hat, und außerdem ein Idiot, weil er ihn nicht aufgehalten hat, als er auf eigene Faust Geschäfte machen wollte, und weil er ihm bei der Sache mit Carlos David geholfen hat. Und ein Vollidiot, weil er ihm die Tür aufgemacht und ihn allein bei sich zu Hause gelassen hat. Hugo wiederum ist dermaßen dämlich, dass er es noch nicht mal schafft, zu sterben.

»Olga, wenn Sie erlauben: Ihre Tochter Marta ist ebenfalls mit von der Partie.«

»Du Idiot, Marta ist bei uns an was anderem beteiligt, das hiermit nichts zu tun hat und dich außerdem nichts angeht. Lass die Finger von meiner Familie, das sag ich jetzt zum letzten Mal. Und lass dir was einfallen, was Hugo angeht, du hast ihn schließlich in die Sache mit reingezogen. Er hat die ganze Zeit nur Mist gebaut.«

»Aber Hugo gehört doch auch zu Ihrer Familie, oder nicht?«

Olga liegen schon die nächsten zig »Idioten« auf der Zunge, fast verschluckt sie sich daran, aussprechen beziehungsweise ausspucken tut sie sie zuletzt jedoch nicht. Beto macht sie mit jedem Wort nur noch wütender. Was für ein Idiot! Aber er ist der einzige Idiot, auf den sie sich in diesem Augenblick verlassen kann. Domínguez hat seinen Namen nicht erwähnt. Offenbar existiert Beto für die Polizei nicht.

»Ich hätte dich schon längst zum Teufel jagen sollen.«

Beto gibt die Hoffnung auf, dass Olga ihm einen Stuhl anbietet, damit sie sich zusammensetzen und überlegen können, wie sie die Sache geregelt bekommen. Außerdem wüsste er natürlich gern, ob sie auch nach ihm auf der Suche sind. Sie belässt es bei bloßen Andeutungen, ohne irgendwelche genaueren Anweisungen zu geben, und versetzt ihn damit in die für ihn schlimmstmögliche Situation – dass er selbst Entscheidungen treffen muss.

Als Olga wieder die Tür aufmacht, lässt sie ihm zum Abschied noch eine Information zukommen: »Nach Hugo sucht einer von der Mordkommission. Den hatte ich noch nie gesehen. Er hat mir seine Karte dagelassen. Er heißt Domínguez und ist jemand, der weiß, wie man sich benimmt.«

Im Fernsehen ist von nichts anderem die Rede. Olga sitzt in dem Sessel aus Johannisbrotbaumholz, den sie sich gekauft hat, als sie nach dem Tod ihres Mannes die Mitgift verkaufte, trinkt einen Tee mit Milch und geht die Programme durch. Ein junger Mann, der gerade aus der Notaufnahme des Posadas-Krankenhauses kommt, erzählt, wie er das Zugunglück im Inneren eines der Waggons erlebt hat. Er habe geglaubt, er sterbe, sagt er, und Olga wechselt zum nächsten Sender. Aus einem anderen Blickwinkel aufgenommen, erzählt derselbe junge Mann, dass er ein lautes Geräusch gehört habe. Ein lautes Geräusch wie bei einem normalen Zusammenstoß, oder lauter?, fragt jemand, und Olga schaltet weiter zu dem Vormittagsprogramm, das sie normalerweise ansieht, weil sie Sandra Lagos mag. Der junge Mann antwortet, nein, wie ein normaler Zusammenstoß sei es ihm nicht vorgekommen. Jetzt sieht man die verbundene Seite seines Kopfes. Er ist noch mal halbwegs glimpflich davongekommen. Olga langweilt sich – nichts als Leichtverletzte und Leute, die ihre Meinung von sich geben. Wie schnell doch die Dinge vorbeigehen …

Sie macht die Tüte mit dem Gebäck auf, die Beto mitgebracht hat. Drei süße Teilchen, aber kein Croissant. Dieser Beto ist wirklich das Letzte. Aber gefährlich ist er auch. Olga weiß nicht, ob sie das Viereck mit einem Kreis aus Vanillecreme in der Mitte oder das Nonnenfürzchen nehmen soll. Außerdem gibt es noch ein platt gedrücktes schwarzes Törtchen mit Karamellzucker. So wie es steht, am besten das Nonnenfürzchen, sagt Olga zu sich selbst und kichert über ihren Witz. Dann öffnet sie die Liste mit Kontakten ihres Handys.

Im Viertel ist ebenfalls von nichts anderem die Rede. Dass letzte Nacht vor Martas Haus ein Polizeiauto stand, scheint dagegen niemandem aufgefallen zu sein. Sonst hätte Fabio sie danach gefragt, als sie vorhin am Kiosk war, um ihr Handyguthaben aufzuladen. Olga drückt auf den grünen Knopf, und am anderen Ende meldet sich ein Polizist, den sie sehr wohl schon einmal gesehen hat.

Beto trifft eine halbe Stunde zu spät vor dem Laden ein. Der Kunde, der den Hawk-Helm bestellt hat, erwartet ihn schon. Er erzählt von seinem Motorrad, während Beto den Rollladen hochzieht und so tut, als würde er freundlich interessiert zuhören, obwohl er in Gedanken bei den Ereignissen dieses Morgens ist. Der Helm ist bereits seit gestern fertig. Der Typ probiert ihn an, betrachtet sich im Spiegel, von vorn und von der Seite, mit leicht angewinkelten Beinen und ausgestreckten Händen, als würde er die Lenkergriffe umklammern.

»Der ist echt sicher«, sagt Beto mechanisch.

»Sieht gut aus, oder?«, erwidert der Biker.

»Total klasse«, bestätigt Beto, und bei dem Gedanken, dass die beiden sich zusammen an ihm auslassen werden, fangen seine Beine an zu zittern.

»Hast du das mit dem Zug mitbekommen? Und die wollen einem erzählen, Motorradfahren sei gefährlich.« Ohne den Helm abzusetzen, inspiziert der dicke Kunde in voller Ledermontur Jacken, Rucksäcke, Brillen und diverse Ersatzteile. Von allem will er den Preis wissen. Beto wünscht sich, dass der Typ endlich verschwindet, damit er in Ruhe nachdenken kann. Bevor Hugo und Olga das an seiner Stelle übernehmen. Er macht den Fernseher an, bereut das aber sofort – der nervige Typ mit dem Helm baut sich vor dem Apparat auf, um sich die Nachrichten anzusehen.

Das ist die neue Gleitgel-Generation. Fantastische moderne Geschmackskreationen: Chocolate Passion, Menthol XXX, Rotkäppchens Wilde Erdbeere. Im Labor getestet. Erfolg garantiert. Wegen der vielen Pheromone. Weiß jemand, was das ist, Pheromone? Niemand will was sagen? Warum so schüchtern, Mädels? Einfach mal ausprobieren! Eine Fingerspitze genügt, bestenfalls zwei. Aber Vorsicht, wenn du jetzt rausgehst, laufen dir alle Jungs hinterher. Superergiebig. Und darum auch superbillig. Hält ein ganzes Jahr, schau hier, das Verfallsdatum. Aber besser ist es natürlich, du brauchst es vorher auf, klar, oder? Niemand weiß also, was Pheromone sind? Mädels, das steht doch in jeder Zeitschrift. Pheromone sind ein ... eine besondere Substanz ... Aber sehen kann man sie nicht ... Die steckt in den Hormonen, beziehungsweise ... Wie soll ich sagen? Die zieht einfach das andere Geschlecht an. Wie Parfüm, bloß dass man die Wirkung nicht bewusst mitbekommt. Riechen können die Männer das nicht, das funktioniert unbewusst. Das gilt aber nur für die Pheromone, die übrigen Gel-Bestandteile werden von den Männern sehr wohl wahrgenommen, weil, die haben ja einen Geschmack. Und der ist total lecker. Hier, ich tu dir ein bisschen was auf die Hand, probier mal! Schokolade funktioniert immer, Schokolade ist aphrodisierend. Wirklich, dazu gibts zig wissenschaftliche Untersuchungen. Man muss sich eben zu helfen wissen, ab und zu was Neues. Mit Walderdbeere kannst du dich dafür von ihm einreiben lassen ... Zuerst kommt jedenfalls immer das Gel, Mädels! Bloß nichts überstürzen, ein gutes Vorspiel ist total wichtig. Wenn du zwei nimmst, gibts zwanzig Prozent Rabatt. Schokolade und Walderdbeere, ein super Dessert! Und hier habe ich noch essbare Tangas, die …«

»Und was ist mit dem Menthol-Gel?«

»Moment, Marta.«

»Jetzt sprichst du auf einmal von Tangas, aber was ist dann mit dem Menthol-Gel?«

»Sei doch nicht so unflexibel, alles muss im Flow bleiben. Es gibt bestimmte Vorgaben für das Verkaufsgespräch, klar, aber du musst auch deine Persönlichkeit einfließen lassen.«

Evelyn liegt mit einem Kissen zwischen den Beinen im Bett und versucht, einzuschlafen. Tante Mónica redet wie eine Radiosprecherin, wie ihre Lehrerin, wenn sie auf dem Schulhof eine Ansprache hält. Ihre Stimme dringt aus der Küche und hallt im ganzen Haus wider. Von Mama ist dagegen bloß Flüstern zu hören. Mama hat ihr in die Augen gesehen und gesagt: »Keine Sorge, ich werde nicht böse, aber sag mir, was du gemacht hast.« Trotzdem war ihr anzumerken, dass sie böse war. Jetzt entnimmt Evelyn Tante Mónicas Worten, dass die Sache mit Gel mit Schokoladengeschmack wahrscheinlich ziemlich problemlos funktionieren würde. Mama *wollte* ihr einfach glauben, als sie gesagt hat, sie habe nichts Schlimmes mit dem Ding angestellt – da hat sie sich sofort beruhigt. Evelyn hofft, dass der Schmerz irgendwann aufhört. Oder dass sie sich daran gewöhnt. Diesen Schmerz kann sie wenigstens spüren und begreifen. Es ist ein einfacher Schmerz, sozusagen.

»Guck mal, das Fläschchen, sieht aus wie Parfüm. Die Männer achten auf so was nicht, aber für uns Frauen ist es wichtig. Wenn das wie eine Mayoflasche aussehen würde, wäre es nicht dasselbe, oder? Das Auge isst mit, das gilt auch beim Sex. Und jetzt probier mal hier, von dem Menthol XXX, das ist wie Eis. Aber nicht so gefährlich. Wenn du einen Eiswürfel direkt aus dem Gefrierfach nimmst, kann der richtig an dir kleben bleiben. Jedenfalls, wenn du dich damit einreibst, bekommst du eine Gänsehaut. Manchmal hat man ja auch einfach nicht so viel Lust, dann hilft das Gel …«

»Von wegen, Mónica. Ich hab das schon mal benutzt – eiskalt ist mir geworden! Ich hatte den Deckenventilator an und wäre fast erfroren.«

»Dann war es eine andere Marke. Etwas Besseres ist auf dem Markt nicht zu haben, du hast ja keine Ahnung, wie gut sich das verkauft.«

»Glaubst du wirklich, dass die Typen darauf abfahren? Walderdbeergeschmack ist nichts für Männer.«

Mónica fächelt sich mit dem Tupper-Sex-Katalog Luft zu. Das ist schon das dritte Mal an diesem Vormittag, dass sie und Marta gegensätzlicher Meinung sind. Dabei ist Marta gerade erst angekommen. Und die Sache mit Hugo kann sich ganz schön in die Länge ziehen.

»Ich überlasse dir meine Kundinnen, damit du was hast, womit du anfangen kannst. Du darfst nicht so negativ eingestellt sein.«

»Ich komme mir einfach blöd vor, mit diesen ganzen Witzchen. Und das Gel finde ich ein bisschen eklig, und erst recht die Tangas, die man kauen kann …«

»Essen.«

»Dabei muss man doch kauen, oder etwa nicht?«

Evelyn hört, dass Mama und Tanta Mónica auf einmal lachen, und kann endlich einschlafen. Marta blättert in dem Katalog mit den Vibratoren und fragt ihre Schwester, ob sie die wirklich alle ausprobiert hat.

»Na klar. Du lachst über mich, aber bist du dir sicher, dass du mit Hugo mehr Spaß gehabt hast?« Sie macht die Tür zu, höchste Zeit, Klartext zu sprechen: »Möchtest du zurück nach Ituzaingó und dich wieder mit Hugo herumschlagen? Willst du noch mehr Besuch von der Polizei bekommen? Oder für Mama Drogen verkaufen?«

Zum ersten Mal seit Langem weicht Marta ihrem Blick nicht aus. In beiden Schwestern erwachen die Gene ihrer Mutter.

»Du hast völlig recht, aber ich hab mit Mamas Geschäften nichts zu tun. Ich hab Tabletten verkauft, damit ist jetzt aber Schluss, keine Sorge.«

»Was für Tabletten?«

»Wenn ich es dir sage, ärgerst du dich bloß. Zeig mir mal die Tangas.«

»Irgendwas Illegales, bestimmt.«

»Nein. Frauen nehmen heute so was, wenn was schiefgegangen ist. Sie stecken sich die Dinger da unten rein.«

»Ich verstehe dich nicht.«

»Natürlich verstehst du mich. Wenn du über deine Gels sprichst, sagst du auch dauernd ›da unten‹.«

»Um Himmels willen!«

»Fang bloß nicht damit an, Mónica. Hast du eine Ahnung, wie es ist, wenn man ungewollt schwanger wird?«

»Mir kann so was nicht passieren.«

Auf die Angehörigen warten zwei Taxis und Marina, die sie einlädt, am nächsten Tag wiederzukommen. Mal sehen, wenn es geht. Der letzte Verletzte hat die Notaufnahme des Posadas-Krankenhauses verlassen und noch einmal vor sämtlichen Kameras gesprochen. Und das wars. Am Bahnhof sind jetzt bloß noch Verwandte von Verwandten und Freunde von Freunden. Keine unmittelbaren Angehörigen mehr. Ein paar erste Protestierer, wirklich Betroffene sind jedoch nicht darunter – Leute, die verzweifelt auf der Suche nach irgendwelchen Resten auf dem Bahnsteig umherirrten, die Überlebenden umarmten, in sich hineinschluchzend an der Absperrung vor der Leichenhalle standen. Die wurden die ganze Nacht über von den Kameras ins Visier genommen, bis es hell wurde und alle gefunden hatten, was für sie bestimmt war.

»Aber wer sieht die um die Uhrzeit denn? So erreichen die jedenfalls nichts.« Verkündet Sandra Lagos, während sie durch den Gang vom Studio zur Maske geht. Marina folgt ihr, sieht dabei auf ihr Handy und erwägt verschiedene Möglichkeiten. Sie kann für morgen drei oder vier Angehörige herbestellen. Vielleicht auch jemanden von der Regierung und von der Opposition. Die Gewerkschaft ist natürlich auch noch da.

»Hier reden wir nicht darüber, wer schuld ist. Hierher kommen die Leute, um ihr Recht einzufordern.«

Marina sagt, okay. In der Maske starren sie auf den Fernseher. Die ersten Kränze sind bereits abgelegt worden, daneben steht das eine oder andere Foto eines Verstorbenen, ringsum schreckliche Stille.

Olga wendet den Blick vom Fernseher ab. Nichts Neues. Lauter langweiliges Zeug. Sie sucht Domínguez' Visitenkarte heraus und wählt seine Nummer.

»Warum haben Sie mir nicht gesagt, dass Hugos Sachen im Zug gefunden worden sind?«

»Das erfahre ich soeben von Ihnen, Olga, ich bin an dem Einsatz nicht beteiligt. Wer hat Sie denn angerufen? Und was ist gefunden worden?«

»Mir hat man inoffiziell mitgeteilt, dass seine Brieftasche mit dem Ausweis gefunden wurde.«

»Umso mehr sollte Marta jetzt hingehen und …«

»Aber es ist doch alles klar, Domínguez!«

»Nein, solange die Leichenteile nicht identifiziert sind, können wir nichts sagen.«

»Ich weiß immer noch nicht, warum Sie alles so kompliziert machen müssen. Ich gehe jetzt jedenfalls und tue, was zu tun ist.«

Sie beendet das Gespräch. Domínguez überlegt, was das wohl sein soll, »was jetzt zu tun ist«. Außerdem sagt er sich, dass er sich wohl mal ein bisschen umhören sollte, wer diese Olga eigentlich ist.

Olga stellt den Fernseher auf volle Lautstärke und geht zum Kleiderschrank. Sie entnimmt ihm einen Bügel mit einem Kleidersack. Ein Blazer, der aussieht wie von Chanel, und eine dazu passende schwarze Hose. Beides hat sie schon seit Jahren nicht mehr angehabt, es steht ihr aber gut. Und ihre Maße haben sich nicht geändert. Die Handtasche bewahrt sie in einem Stoffbeutel auf. Die Sonnenbrille ist in ihrem Etui in der Nachttischschublade.

Als sie vor dem Spiegel steht, überlegt sie: Es ist doch noch nicht so lange her, dass sie die Sachen zum letzten Mal getragen hat. Das letzte Mal war bei Evelyns Kommunion. Mit der Brille sehe sie aus wie Isabel Perón im Madrider Exil, hat Hugo damals gesagt. »Ist sie nicht mehr in Madrid?«, hat Olga erwidert. Marta wiederum hat gefragt, ob die nicht gestorben sei, während Evelyn wissen wollte, wer denn diese Isabel überhaupt sei. Evelyn sagte allerdings auch, sie sehe hübsch aus. Marta fing daraufhin an, über den Peronismus zu sprechen, und geriet deswegen in Streit mit Hugo. Ihre Töchter haben einfach keinen Sinn für Humor. Und auch keinen Charakter. Weshalb Olga jedes Mal die Sache selbst in die Hand nehmen muss, so wie jetzt.

Sie packt das Viereck mit Vanillecreme und das schwarze Törtchen in das Papier aus der Bäckerei und will das Ganze schon wegwerfen, zuletzt steckt sie das Päckchen aber mit ihrem Handy, Domínguez' Visitenkarte, dem gerahmten Foto von Evelyns Kommunion und Martas Hausschlüssel in die Handtasche. Als sie den Leuten von der Taxifirma sagt, dass sie zum Bahnhof Haedo möchte, jammern die entnervt, ob sie nicht weiß, was passiert ist, dort sei die Hölle los, im Augenblick komme man da nirgendwo durch. Aber Olga ist Stammkundin, deshalb machen sie in ihrem Fall eine Ausnahme. Am Ende geht alles ganz schnell. Niemand fährt in die Richtung, so wenig Verkehr ist dort sonst nie. Im Gegensatz zu den leeren Straßen herrscht am Bahnhof selbst allerdings dichtes Gedränge.

Als Olga aussteigt, versucht der Fahrer, das Unausweichliche zu verhindern. Aber wie immer knallt sie die Tür mit voller Wucht zu. Das Taxi macht sich sogleich davon, während Olga entschlossen die Stelle ansteuert, wo sich die Übertragungswagen, Schaulustigen und Polizeiautos zusammenballen. Bis dahin sind es vielleicht hundert Meter. Obwohl sie gar nicht so fest auftritt, ist das Geklapper ihrer Absätze in der seltsam kompakten Stille anfangs deutlich zu hören. Während sie sich dem Bahnhof nähert, wird es jedoch von dem von dort anbrandenden Lärm zusehends überdeckt, bis es zuletzt ganz darin aufgeht.

Als sie schließlich den Bahnsteig entlangstöckelt, versucht sie, nicht zur Seite zu blicken. Trotzdem wandern ihre Augen immer wieder zu den verbeulten Waggons. Sie drängt sich zwischen den Leuten durch, geht irgendwann auf einen jungen Mann zu, der offensichtlich vom Fernsehen ist, bietet ihm ein Stück Gebäck an und bittet ihn, sie zu dem Getümmel ein Stück weiter vorn durchzulassen, wo sich ein ganzes Bündel Arme mit Mikrofonen und Handys in die Höhe recken. Sie stellt sich hinter einen ortsbekannten Müllsammler vom Bahnhof Haedo, der gerade zum x-ten Mal vor den Kameras wiedergibt, wie er das Unglück erlebt hat. Als sein Bericht sich seinem Ende zu nähern scheint, schiebt Olga ihn mit dem Ellbogen ein Stück zur Seite und tritt selbst vor die Mikrofone und Handys.

»Einer fehlt noch. Mein Schwiegersohn.«

Das Foto von Evelyns Kommunion nimmt den gesamten Bildschirm ein. Der Zeigefinger mit dem langen, perlrosa lackierten Nagel deutet auf Hugos Gesicht. Olga lackiert sich die Nägel normalerweise perlrosa oder milchweiß. Sie macht die ganze Maniküre selbst. Da kennt sie nichts, wie bei fast allem. Das Perlrosa muss von heute Morgen sein, denn gestern war Milchweiß an der Reihe. Marta überlegt, welche Rückschlüsse auf das mögliche Vorgehen ihrer Mutter sich aus deren Farbwahl ziehen lassen. Diese steht aufrecht vor den Mikrofonen und bittet, man möge mit allen zur Verfügung stehenden Mitteln nach Hugo Víctor Lamadrid suchen, einem Arbeiter aus Ituzaingó, der sich ebenfalls in dem Unglückszug befunden habe. Marta stockt der Atem, als der Fingernagel plötzlich auf sie und dann auf Evelyn rutscht und dazu Olgas Stimme zu vernehmen ist, die ihre Namen nennt und sagt, sie seien auf dem Weg nach Colón von der Nachricht überrascht worden. Mónica flüstert etwas von den heiligen Wunden unseres Herrn Jesus Christus und schaltet um. Aber Olga ist überall.

Sie hat sich abgeguckt, wie es funktioniert: Sie streckt den Kopf dem Reporter entgegen, der ihr eine Frage stellt, um anschließend, geradeaus blickend, in alle Mikrofone gleichzeitig zu sprechen, ohne einem den Vorzug zu geben. Auf diese Weise richtet sie sich an die zuständigen Behörden, an die Regierung, an die ganze Nation. Evelyn fragt weinend, warum die Großmutter ein so altes Foto zum Fernsehen mitgenommen hat, und dann auch noch von ihrer Kommunion – auf Instagram gibt es doch zig bessere. Mónica erklärt, dass Oma Olga bestimmt nur dieses eine Foto von Evelyns Vater hat.

Darauf lächelt Hugo in Jeans und weißem Hemd und mit schmaler schwarzer Krawatte die Zuschauer an und erhebt ein Glas Champagner. Mit dem kurz geschnittenen Haar erinnert er ein wenig an Al Pacino. Marta sieht müde und angespannt aus. Sie haben beide einen Arm um ihre Tochter gelegt, die an diesem Tag im Mittelpunkt steht.

»Ich sehe schrecklich aus«, jammert Evelyn, und Marta denkt sich, ich auch, spricht es aber nicht aus. Mónica verschwindet aus der Küche. Zehn Minuten später präsentieren die Sender bereits zwei Ausschnitte des Fotos: einmal nur Hugo, lächelnd, im Vordergrund, und noch mal Hugo, aber mit etwas mehr drum herum, den Arm um Evelyns Schulter. Marta hört da schon nicht mehr zu, obwohl sie weiterhin wie gelähmt den Fernseher in der Küche anstarrt. Mónica kommt aufgeregt zurück, wirft einen Blick auf den Bildschirm und geht wieder raus, weil das Telefon im Flur klingelt, genau wie sämtliche vorhandenen Handys.

»Du bist nicht mehr auf dem Foto, sie haben dich rausgeschnitten!«, ruft sie, bevor sie nach dem Hörer greift.

Rifle schickt dem Produzenten wie auch den Jungs von El Grupo eine Nachricht:

Habt ihr gesehen, wer
in dem Zug war?
✓✓

Er hat schnell reagiert, schneller als alle Übrigen. Der eine oder andere Idiot hatte es womöglich nicht mal mitbekommen. Unfassbar. Der Produzent kauft die Sache bestimmt, und die Jungs auch. Rifle ist gleichermaßen platt und euphorisch. Der arme Hugo. Aus der WhatsApp-Gruppe kommen bloß drei Kommentare. Manche hatten den Chat vorher verlassen. Nur die Loser sind immer noch dabei. Egal, die drei sind schon mal nicht schlecht. Rifle kann selbst vorgeben, wie viel die Leute erzählen sollen, bevor er sie ins Studio einlädt. Marina kann ihn mal.

Auf dem Bahnhof Haedo steckt Olga das Erinnerungsfoto von Evelyns Kommunion wieder in den Rahmen. Die Fernsehfritzen hatten sie gebeten, es rauszunehmen, um Fotos von dem Foto machen zu können. Einer versucht, sie aufzuhalten, unermüdlich stellt er Frage um Frage. Olga hat es ihrerseits nicht eilig. Sie spricht langsam, mit fester Stimme.

Sandra Lagos, in der einen Hand das Kosmetiktuch, das sie zum Abschminken benutzt, sieht ihr dabei zu. Sie dreht sich um, sie will Marina etwas sagen. Ein Auge ist immer noch perfekt gestylt, das andere schon wieder im Naturzustand, ein bisschen wie beim Terminator. Marina kommt ihr jedoch zuvor.

»Ich bringe sie her.«

Beto erschrickt, als plötzlich Olgas Stimme aus dem Fernseher kommt. Als gleich darauf das Foto von Hugo mit dem Champagnerglas in der Hand den gesamten Bildschirm einnimmt, erschrickt er noch mehr. Die Fernbedienung in seiner erschlaffenden Hand fängt an zu wackeln, und seine Knie werden weich, während er mit offen stehendem Mund darüber nachdenkt, ob das jetzt gut oder schlecht für ihn ist. So etwas hätte er von Olga nicht erwartet. Furcht und Erregung erfüllen ihn gleichermaßen. Spontan geht er in Gedanken verschiedene Möglichkeiten durch, die unterschiedlichsten Bilder steigen vor ihm auf, aber keins nimmt feste Gestalt an, er weiß nicht, wofür er sich entscheiden soll. Also entscheidet er sich für großes Kino: Er sieht sich tot daliegen. Er sieht sich ein Flugzeug besteigen. Er sieht sich bei einem Interview im Fernsehen. Er sieht sich in einem Ruderboot nach Bolivien übersetzen. Er sieht sich an der Spitze eines Demonstrationszugs. Er sieht, wie er einen anderen Körper zerstückelt. Und er sieht sich sogar beim Vögeln mit Marta. Letzteres verwirrt ihn, vor allem aber fragt er sich besorgt, was Olga jetzt wohl von ihm erwartet.

»Schau dir das an, Alter. Und trotzdem hacken die immer auf uns Bikern rum.« Der Typ mit dem Helm ist immer noch da. Oder er war inzwischen weg und ist zurückgekehrt. Oder es ist ein anderer Kunde. Beto kann sich nicht mal erinnern, ob er das Geld für den Helm schon bekommen hat. Er hört nicht mehr zu. Er versucht, das ganze Durcheinander auf zwei Möglichkeiten einzugrenzen: Entweder er geht nach Hause, sieht nach, was mit Hugo los ist, und wartet auf Neuigkeiten, oder er geht zum Bahnhof und unterstützt Olga. Letztlich bleibt er aber im Laden und stellt den Fernseher lauter, er will mitbekommen, ob die Alte ihm eine verschlüsselte Botschaft mit auf den Weg gibt.

Hugo läuft eine Straße in Haedo entlang, ihm ist schlecht. In der Hitze verschwimmt ihm die Sicht, und die Knie werden weich. Er muss sich beeilen, mit all dem, was er eingesackt hat – Betos Geld, seine Monatskarte, seine Kleidung, sein alter Personalausweis. Ihm platzt fast der Schädel, während er leise seine Adresse, sein Geburtsdatum, die Namen der Straßen im Zentrum von Ituzaingó und das Einmaleins vor sich hersagt, um zu überprüfen, ob sein Gehirn noch funktioniert. Er betritt den Geschäftsraum einer Taxifirma und fragt, ob ihn jemand nach Liniers bringen kann. Weitere Pläne hat er nicht. Irgendwas in seinem Inneren übernimmt an seiner Stelle die Entscheidungen für ihn. Das kommt in der letzten Zeit immer häufiger vor.

Er versteht nicht, was der Mann von der Taxifirma sagt, der auf einen Plastikstuhl deutet, aber er folgt der Aufforderung und setzt sich. Um ihn herum ist alles verschwommen. Beim Verlassen von Betos Wohnung hat sich sein Gehirn abgeschaltet, spätestens als ihm auf der Straße plötzlich die glutheiße Sonne auf den Rücken knallte. Jetzt bloß nicht ohnmächtig werden. Er muss die paar Schritte bis zum Taxi schaffen, und später den Umstieg in den Bus, inzwischen hat er nämlich beschlossen, einen Bus zu nehmen. Er senkt den Kopf, presst gegen das Schwindelgefühl Daumen und Zeigefinger auf die Augen und wirft anschließend verstohlen einen Blick auf die beiden Typen, die ebenfalls auf ein Taxi warten. Offensichtlich ist ihnen nichts aufgefallen, sie sehen ihn nicht einmal an.

Plötzlich lichtet sich der Nebel in seinem Hirn. Schlagartig ist er hellwach, er weiß allerdings nicht, woran das liegt. Die anderen haben den Fernseher angemacht. Um sich abzulenken, nähert er sich dem Apparat. Der Hugo, den er eigentlich gerade für immer hinter sich lassen wollte, prostet ihm vom Bildschirm mit einem Glas Champagner zu. Jetzt wird ihm auch klar, dass Olgas Stimme ihn aus dem Dämmer gerissen hat.

Er versteht das Zeichen.

Ein wenig übertrieben unauffällig legt er die drei Schritte bis zur Tür zurück und tritt dann auf die Straße hinaus. Draußen wartet er ein paar Sekunden, zieht sich die Mütze mit dem Harley-Davidson-Logo tief in die Stirn und entfernt sich fast laufend von dem Geschäft. Laufend und – er kommt nicht dagegen an – lauthals lachend.

Anders als bei den meisten Menschen ist das Verhalten von Martas Mutter normalerweise nicht vorhersehbar. Weshalb Marta sich ihr gegenüber auch kaum je aus der Deckung wagt. Mehr als einmal hätte sie am liebsten das Spielbrett umgestoßen, aber Olga tauscht ihrerseits ständig die Figuren, wenn nicht gleich das ganze Spiel aus. Anders gesagt, Olga ist diejenige, die regelmäßig für Überraschungen sorgt, nicht ihre Töchter. Was auf der Gegenseite mit der Zeit zu einer Dauerlähmung führen kann. Bei Marta funktioniert nur das Gehirn, ihr Körper reagiert auf dessen Anweisungen jedoch nicht. Auch Mónica ist wie betäubt, bleibt aber beweglich. Sie nimmt sämtliche Anrufe entgegen. Notiert sich die Namen, Telefonnummern und Mitteilungen aller Journalisten. Immer wieder ruft sie vom Wohnzimmer aus, dass sie es einfach nicht glauben kann, dass in diesem Land innerhalb weniger Sekunden jedermann in den Besitz deiner Telefonnummer kommen zu können scheint. Alle wollen mit Marta sprechen und Evelyn sehen. Zu Beginn sind sie freundlich, beim Abschied aggressiv. Manche bieten an, den Transport nach Buenos Aires und eine Unterkunft in der Nähe des Senders zu organisieren. Ab und zu erscheint Mónica in der Küche, um mit ihrer Schwester zu beratschlagen, als ginge es um eine Auswahl verschiedener Pauschalreisen. Marta sagt zu allem Nein. Stillschweigend haben sie sich untereinander darauf verständigt, dass Hugo tot ist; wie sie diesbezüglich weiter verfahren sollen, haben sie – Olga und ihre Töchter – aber nicht besprochen.

So schnell und genau Marta für gewöhnlich den Inhalt einer Botschaft erfasst, so langsam ist sie, wenn es um deren Umsetzung geht. Nach Colón, zu Mónica, hat sie es nur geschafft, weil der Fluchtplan schon seit Langem in ihr herangereift war. Wie es danach weitergehen sollte, war dagegen völlig offengeblieben. Und jetzt versuchen Olga und Hugos Geist, sie mitzureißen und in die Tiefe zu ziehen, wie die Strömung eines Flusses, der sich in regelmäßigen Abständen ein Opfer sucht. Wer hätte das gedacht – auf einmal ziehen ausgerechnet Olga und Hugo am selben Strang.

Es ist gerade einmal zwei Stunden her, dass ihre Mutter im Fernsehen erschienen ist. Seitdem sind all ihre Telefone heiß gelaufen. Marta starrt auf die unaufhörlich wachsende Zahl nicht angenommener Anrufe und WhatsApp-Nachrichten. Zweihunderteinundfünfzig, zweihundertzweiundfünfzig, zweihundertdreiundfünfzig. Die ersten Journalisten stehen bereits vor der Haustür. Mónica lässt die Rollos der Fenster runter, die zur Straße gehen, und macht sich eilig auf den Weg zum Laden an der Ecke, um sich mit Lebensmitteln einzudecken. Evelyn hockt in der Küche und sieht fern. Jetzt werden zum Glück die schöneren Fotos gezeigt. Marta schließt sich im Bad ein und versucht, mit ihrem Handy zu telefonieren, ohne auf die Dutzende eingehender Anrufe zu reagieren. Sie wählt die einzige Nummer, die ihr einfällt. Als sich am anderen Ende eine Stimme meldet, entdeckt Marta den Blutstropfen auf der grauen Fliese.

Evelyn.

Als er das Brummen von Hugos Handy in seiner Hosentasche wahrnimmt, tritt Domínguez auf die Bremse. Er wusste, dass irgendwann jemand anrufen würde. Angesichts des von Olga im Fernsehen veranstalteten Spektakels hatte er fluchtartig das Büro verlassen und war zu seinem Dienstwagen gelaufen, bevor Mancuso ihn zu fassen bekommt und eigenhändig an den Eiern aufhängt. Schon seit einer halben Stunde fährt er ziellos durch die Gegend, hört dabei Radio, flucht aus vollem Hals über die verdammte Alte und wartet, dass etwas passiert. Und jetzt passiert tatsächlich etwas. Bevor er das Gespräch annimmt, wirft er einen Blick aufs Display, um zu sehen, wer anruft.

»Marta …«

Der Anblick von Evelyns Blut und die vermeintliche Stimme Hugos sorgen dafür, dass Marta einen Kloß im Hals hat. Trotzdem spricht sie.

»Du bist echt das Allerletzte.«

»Marta …«

»Nein. Hör zu. Lass dir bloß nicht einfallen, Evelyn zu kontaktieren, auch nicht über Facebook. Ich will nicht wissen, was du getan hast. Ich will bloß, dass du uns da rauslässt. Wehe, wenn du hier aufkreuzt!«

»Marta, hier ist Kommissar Domínguez.«

»…«

»Von der Kriminalpolizei Morón.«

»Entschuldigen Sie, ich wollte meine Mutter sprechen und …«

»Das hier ist das Handy von Hugo, Marta.«

»Wie? Ist er bei Ihnen? Haben Sie ihn verhaftet?«

»Das heißt, Sie sind sich also doch nicht sicher, dass er tot ist, oder wie?«

Domínguez kennt sich mit solchen Situationen aus, weshalb er versucht, schneller zu sprechen, als Marta denken kann. Er will ihr einen Schreck einjagen, sie dazu bringen, nach Buenos Aires zurückzukehren und mit ihm zusammenzuarbeiten.

»Und was machen Sie mit Hugos Handy?«

»Das war bei den Sachen im Zug.«

»Also ist er doch tot! Genau wie wir gesagt haben, Domínguez. Dann brauchen wir auch nicht zu kommen. Meine Mutter kümmert sich bereits um die Sache.«

»Warum sind Sie abgehauen? Wollten Sie sich mit Ihrem Mann treffen?«

»Er ist nicht mein Mann.«

»Gestern Abend hat er Ihnen eine Nachricht geschickt, um ... Moment, ich sehe nach, legen Sie nicht auf ... Nach dem Unglück, Marta. Er hat geschrieben: *Ja*, als Antwort auf Ihre Frage: *Bist du da?*. Und davor ist noch mehr ...«

»Ich weiß, ich weiß, was davor kommt, das brauchen Sie mir nicht vorzulesen. Hat er wirklich jemanden umgebracht?«

»Sieht ganz so aus ...«

»Und warum?«

»Das wissen wir nicht. Warum kommen Sie nicht her und wir unterhalten uns in Ruhe?«

»Dürfen Sie dieses Handy benutzen?«

»Ich bin für diesen Fall zuständig, Marta.«

»Dürfen Sie mich damit verhören?«

»Sie haben angerufen.«

»Ja, aber ich wollte mit Hugo sprechen.«

»Das heißt, Sie glauben, er ist tot, aber Sie wollen trotzdem mit ihm sprechen.«

»Müsste das Handy nicht in einem Plastikbeutel stecken, so wie alles, was Sie einsammeln?«

»Wir sind nicht in einem Film, Marta.«

»Sie sind hinter mir her, weil Ihnen sonst nichts einfällt. Hugo ist bei dem Unglück gestorben, aber Sie können ihn nicht finden.«

»Marta, so weit sind wir noch nicht, wir können nicht einfach behaupten, dass ...«

»Und dann benutzen Sie auch noch sein Handy. Ist das überhaupt legal, einem Toten sein Handy wegzunehmen, Domínguez?«

»Also gut, dann kommen Sie eben nicht. Dann wird die DNA-Probe mit Evelyns Zahnbürste gemacht. Bei dem Chaos, das Ihre Mutter veranstaltet, ist mir die Sache sowieso aus der Hand genommen. Olga ist schon in zig Sendern aufgetreten. Überall sind Ihre Fotos zu sehen. Früher oder später stöbern die Sie von selbst in Colón auf.«

»Ja.«

»Und was machen Sie dann?«

»Sehen Sie, wenn ich die Medien um Hilfe bitten muss, um meinen Mann zu finden, dann ...«

»Marta, gleich nachdem ich bei Ihnen zu Hause war, sind Sie abgehauen.«

»Ich wollte meine Schwester besuchen.«

»Ach ja? Wie schön.«

»Mindestens so schön wie die Tatsache, dass ich meinen Mann anrufen will und stattdessen Sie am Apparat sind.«

»Da haben Sie recht.«

»Wir stehen beide ganz schön beschissen da, stimmts?«

»Wie man's nimmt. Sie haben logischerweise das Wohl Ihrer Tochter im Auge, und ich habe logischerweise Zugang zu dem beschlagnahmten Material. Am besten, wir gehen die Sache in Ruhe an und versuchen gemeinsam, die Wahrheit rauszufinden, finden Sie nicht?«

»Ganz wie Sie sagen, Herr Kommissar.«

Evelyn versucht zu weinen. Sie möchte weinen. Das wäre nur normal. Aber Evelyn ist nicht normal, denn wenn der eigene Vater stirbt, müssten die Tränen eigentlich von selbst fließen. Nichts ist jetzt noch normal. Das Schlimmste ist trotzdem vorbei. Inzwischen müssten nämlich alle wissen, dass sie Halbwaise, aber nicht auf der Flucht ist, weshalb niemand mehr auf die Idee kommen sollte, ihr wegen Miss Lauras Handy nachzustellen. Und auch nicht wegen des Vibrators ihrer Tante.

Martín hat einmal erzählt, seine Schwester habe durch einen Vibrator ihre Unschuld verloren. So drückte er sich aus: »Sie verlor ihre Unschuld.« Was ihr Freund aber offenbar nicht glauben wollte, weshalb die beiden sich zerstritten, wodurch wiederum das Leben von Martíns Schwester zerstört war. Evelyn hat keine Angst, dass ihr Leben zerstört werden könnte. Dafür fürchtet sie sich vor einer Infektion, ihre Großmutter hat nämlich einmal gesagt, wenn du dir Sachen reinsteckst, kannst du eine Infektion bekommen. Ab jetzt muss Evelyn mit zwei Geheimnissen leben: Sie hat Miss Lauras Handy geklaut, und sie hat ihre Unschuld verloren.

Am schlimmsten ist trotzdem, dass sie nicht weinen kann. Das muss sie aber, denn in manchen Augenblicken sehen alle dich an und erwarten, dass du weinst. Wie kann es sein, dass du nicht weinst, wenn dein Vater gestorben ist, bei einem Zugunglück, das niemand überlebt hat? Wenn er schreckliche Schmerzen durchgemacht hat. Wenn er geschrien und um Hilfe gerufen hat. Wenn niemand ihm helfen konnte. Oder wenn er einfach platt gedrückt wurde. Oder querschnittsgelähmt. Nein, nicht gelähmt, er war ja schon vorher tot. Bevor es wehtat. Er ist erstickt. Oder er hat ein Bein verloren, und das hat er nicht überlebt. Oder er hat einen heftigen Schlag abbekommen, am Kopf, eine Gehirnerschütterung. Oder er hatte lauter Knochenbrüche. Was er aber nicht gespürt hat, wenn einem etwas richtig Schreckliches zustößt, spürt man nämlich nichts. Er hat geschrien und um Hilfe gerufen. Oder er hat den anderen Leuten geholfen und ist irgendwann ohnmächtig zusammengebrochen. Trotzdem können sie ihn nicht finden. Eine Leiche fehlt nämlich, hat ihre Großmutter gesagt. Und nach der müssen sie suchen. Trotzdem spürt Evelyn nichts. Es gelingt ihr nicht.

»Tote fahren nicht Bus«, ist das Erste, was Hugo einfällt, als er in den 57er steigt. Da soll ihm Uzquiaga bloß noch mal mit kommen. Und die anderen können dann gern wieder lachen, die Streber. Rafael Uzquiaga, der Starreporter, die Lichtgestalt der intellektuellen Redlichkeit. The King of Dignity, der ihm – nachdem er es ihm zum x-ten Mal vergeblich erklärt hatte: »Tote fahren nicht Bus!« – wütend, beleidigt, im Gefühl seiner moralischen Überlegenheit unter die Nase rieb: »Such dir was anderes, das ist nichts für dich.«

»Die Todesopfer fuhren in Waggon 7 der Linie 4.« Wenn jemand Hugo fragt, warum er das Journalismusstudium abgebrochen hat, antwortet er bis heute mit diesem Satz. Der beweist, dass ihm bestimmte grundlegende Dinge einfach nicht eingehen wollten. Als könnte sein ehemaliger Professor ihn hören, wendet Hugo sich jetzt im Geiste an ihn: »Viel ist aus mir nicht geworden, aber aus Ihnen ja auch nicht.«

Uzquiaga ist nie Chefredakteur geworden, und auch kein Dekan, besondere Ehrungen hat man ihm nicht zukommen lassen, und viel Geld verdient hat er auch nicht. Ein ehemaliger Student von ihm hat irgendwann auf Facebook gepostet, er sei arm und einsam in einem staatlichen Altenheim gestorben. Die, die es zu etwas gebracht hatten, haben mehrfach Geld gesammelt, um ihn zu unterstützen, aber bei der letzten, von Rifle organisierten Spendenaktion steuerte niemand mehr etwas bei. Rifle benahm sich, als wäre er Uzquiagas Sohn – er besuchte ihn regelmäßig im Heim, sprach mit den zuständigen Pflegern und Ärzten und nahm andere ehemalige Studenten mit, damit der Alte Gelegenheit hatte, die immer gleichen Anekdoten zu erzählen. In Wirklichkeit lag Rifle wahrscheinlich gar nicht so viel an Uzquiaga, durch seinen hingebungsvollen Einsatz erreichte er jedoch, dass sich den anderen Dinge einprägten, die sie irgendwann für ihre Erinnerungen hielten. Zum Beispiel, dass er, Rifle, Uzquiagas Lieblingsschüler gewesen sei, und natürlich, dass er supergut schreiben könne. Rifle Barrios ist ein Arsch, das war er schon immer.

Hugo überlässt seinem schmerzenden Körper die Entscheidung, wie es weitergehen soll. Wann er aussteigt und seinen Weg zu Fuß fortsetzt. Schläfrig von der Hitze der durchs Busfenster scheinenden Sonne, betrachtet er die eintönige Landschaft, das Gras und die Buden, in denen Sachen für die Bewohner der Gated Communities verkauft werden. Beim Gedanken an die Jungs von El Grupo – wie sie sich immer noch nennen – muss er lächeln. Jetzt rächt er sich an ihnen. Ab und zu laden sie ihn zum Grillen ein. In diesem Augenblick schicken sie sich wahrscheinlich wie wild Botschaften und tauschen Erinnerungen aus. Sie werden nicht nur über ihn sprechen, sondern auch über ihn schreiben müssen. Das mit den Bus fahrenden Toten werden sie aber nicht erwähnen, solche Riesenarschlöcher werden sie nicht sein. Vielleicht drückt sich einer von ihnen sogar genauso dämlich aus wie er damals: »Das Todesopfer fuhr mit dem Zug nach Sarmiento.« Aber was solls – am liebsten würde er sich der Polizei stellen, einfach nur, um Rifle Barrios und Uzquiagas Geist das Maul zu stopfen. Damit sie sehen, dass Tote eben doch Bus fahren.

Im 57er, der ihn aus der Stadt bringt, interessiert sich kein Mensch für ihn. Hugo hat inzwischen vergessen, warum und wohin er unterwegs ist. Er denkt weder an Marta noch an die Kleine. Nur an Uzquiaga und El Grupo. Alles, was in der Zeit zwischen dem Zusammenstoß von Waggon 7 der Linie 4 und einem Lastwagen an der Costanera Sur und dem Zugunglück im Bahnhof Haedo passiert ist, ist wie eine große Klammer – dass er sich von seinem Traumberuf verabschiedet hat, geheiratet hat, gescheitert und Vater geworden ist, dass es immer weiter bergab mit ihm gegangen ist, dann ein bisschen besser, dass er sich schließlich auf etwas eingelassen hat, dass es zu Komplikationen gekommen ist, dass er jemanden umgebracht hat, dass er das vertuschen wollte, geflohen ist und immer noch lebt, als ein Toter, der Bus fährt.

3

Das Gitter passt perfekt zu der Christusfigur. Das wassergrün gestrichene Mäuerchen, in dem die Stäbe verankert sind, dient zugleich den gequälten Füßen des Erlösers als Stütze. Und die spitzen Enden der Eisenstangen ragen wie Lanzen hinter dem Kopf mit der Dornenkrone hervor. Jesus und das Gitter sind gleich hoch. Vor dem Eintreffen der Leute vom Fernsehen hat Mónica den Topf mit der Schwanenfigur und den Fleißigen Lieschen, der neben dem Eingang stand, reingeholt und in den Hof gestellt. Jetzt gibt es vor dem kleinen Haus in Colón bloß noch Schmerz, Dornen, Nägel und spitze Gitterstäbe. Zwei Jungs laden Grapefruitlimo und Sandwiches aus einem Lieferwagen mit dem Logo des Kasinos. Die Leute vom Fernsehen unterhalten sich mit den Nachbarn. Mónica kennen sie, weil sie hier wohnt; die Kleine und ihre Mutter von den Sommerferien. Soweit sie wissen, haben die Behörden noch keinen Kontakt zu ihnen aufgenommen. »Von offizieller Seite aus herrscht also Schweigen. Dafür beginnt um Punkt vierzehn Uhr das Kettengebet. Mit der gewohnten Stille zur Siestazeit ist es hier, in dieser kleinen Stadt im Landesinneren, dann vorbei«, sagt der junge Mann von Sandra Lagos' Sender, der vor der Kamera in der Sonne steht. Neben ihm fächelt Mónica ihren geröteten Wangen mit ein paar Blättern Papier Luft zu.

So einen Gekreuzigten wie den am Gitter hat Evelyn noch nie gesehen. Er ist voller dunklem Blut, das ihm in Strömen –

die aussehen, als wären sie aus braunem Plastilin – über Gesicht, Brust und Beine läuft. Riesige Nägel durchbohren seine Hände, die aufgeplatzten Wunden scheinen sich unter dem Gewicht des Körpers immer weiter zu öffnen. Wirklich ein jämmerlicher, erbarmungswürdiger Christus. Kein Jesus, wie man ihn normalerweise kennt. Aus Ärger über Evelyns Bemerkung lässt Mónica ihre Nichte nicht vor die Kameras treten. Sie darf das Haus nicht verlassen, das Tablet nicht benutzen und nicht ans Telefon gehen. Sie ist jetzt auch nicht mehr in dem Zimmer zur Straße untergebracht. Sie darf bloß noch in die Küche, ins Bad und in das andere Zimmer, wo sie die Nacht mit ihrer Mutter und der Tante zugebracht hat. Dabei hat sie nicht nur gehört, wie immer wieder Journalisten an der Tür klingelten, auch die Diskussionen zwischen den beiden hat sie mitbekommen:

»Du musst hingehen, Marta. Aber sag nicht, dass Hugo in Schwierigkeiten steckte.«

»Und was soll ich stattdessen sagen, Mónica?«

»Was für Schwierigkeiten, Mama?«

»Du brauchst überhaupt nichts zu sagen, Marta. Die wollen dich bloß kennenlernen. Das ist eine gute Gelegenheit!«

»Eine Gelegenheit? Um was zu machen?«

»Was weiß ich, Marta, eine Gelegenheit eben!«

Evelyn ist mittlerweile imstande, das Eingesperrtsein, die Ungewissheit und das Brennen zwischen den Beinen zu ertragen. Das ist der Preis dafür, dass sie vielleicht sich selbst und Papa retten kann. Sie wird nichts mehr essen, bis sie so spindeldürr wie der Christus an dem Gitter ist. Sie genießt den Schmerz ihrer Buße. Er soll nicht aufhören, sie will ihn richtig auskosten. Sie will ihn spüren. Mit der wütenden Entschlossenheit einer Heiligen. Stark sein, was auch immer da kommt – das Gefängnis oder der Verlust ihres Vaters. Barfuß geht sie im Halbdunkel hin und her, versucht, unsichtbar zu werden, sich die Begeisterung über ihr Märtyrertum nicht anmerken zu lassen. Dass Mama nichts sagt, ist nicht so schlimm, dann brauchen sie auch nicht darüber zu sprechen, was sie machen, wenn die Polizei erscheint, oder was mit dem Vibrator war. Mama will nicht vor die Kameras treten, damit Papa schneller auftaucht. Evelyn wüsste für ihr Leben gern, was all die anderen sagen.

Auf dem Fernsehbildschirm in der Küche sieht man, was sich draußen abspielt: Immer mehr Menschen treffen ein. Vier Hauptstadtsender und einer aus Colón. An der Tür läutet aber niemand mehr, denn seit Tante Mónica zum Kettengebet aufgerufen hat, sitzen lauter Freundinnen von ihr sowie Tupper-Sex-Kundinnen und Kolleginnen aus dem Kasino auf zwei Reihen kleiner Plastikbänke vor dem Haus. Ein Journalist, der unter diesen Umständen bis zur Tür vordringen wollte, müsste erst an ihnen vorbei und dann über das Gitter klettern. Da unterhält er sich doch lieber mit den Leuten, die da sind. In der Küche bekommt man von dem Durcheinander nicht allzu viel mit. Wenn man den Fernseher auf stumm schaltet, ist von draußen bloß ein Gemurmel zu vernehmen. Wenn man den Ton wieder anmacht, wird das bunte Treiben auf dem Bildschirm jedoch von einer intensiven Geräuschkulisse begleitet.

Wie ein Schauspieler hinter dem Bühnenvorhang steht Evelyn da und wartet auf die Gelegenheit, trotz allem im Fernsehen aufzutreten. Zweimal hat sie es schon geschafft, ihre Aufseherinnen auszutricksen und durch die Ritzen der Jalousie nach draußen zu spähen. Aber es war nichts zu sehen. Nur Silhouetten im Gegenlicht. Die Rücken von Jesus und den auf dem Bürgersteig versammelten Freundinnen ihrer Tante, dazu ein paar Kerzen und an den Gitterstäben angebrachte Zettel und Blumensträußchen, aber auch die bloß von hinten.

Auf Mónicas Full-HD-Bildschirm ist jetzt der Christus am Gitter im vollen Sonnenlicht zu sehen, das die Farben hervorhebt. Das Blut ist auf einmal wirklich rot und nicht plastilinbraun, und es scheint tatsächlich aus der tiefen Wunde an der rechten Seite des Oberkörpers hervorzusprudeln. Warum hat Jesus ausgerechnet an dieser Stelle eine Verletzung, da sind doch weder Nägel noch Dornen? Evelyn sucht in dem Begleitheft nach Antwort, das bei der Christusfigur unter dem Bett lag. Darin wird jede einzelne Wunde ausführlich beschrieben und erklärt. Neben der Figur befand sich eine Schachtel voller Dildos und ähnlicher Dinge, die Tante Mónica gleich wieder verschwinden lassen wollte, als sie den Gekreuzigten hervorholte, dummerweise war aber alles zusammen in ein und dieselbe Decke gewickelt, und beim Auspacken kippte die Schachtel dann auch noch um, und der Inhalt verteilte sich über den Fußboden.

»Mama, was heißt das: ›Der Weg meiner Wunden ist so einfach und leicht, um in den Himmel zu kommen‹?«

Evelyn ist außerstande, ihr Schweigegelübde weiter aufrechtzuerhalten, sie muss jetzt unbedingt ein paar Fragen stellen. Aber Marta antwortet nicht, weil Mónica in diesem Augenblick nicht nur ihre, sondern auch die Aufmerksamkeit der fünf anwesenden Fernsehsender auf sich zieht: Sie hat sich ein Foto von Hugo in DIN A4 um den Hals gehängt, hält in der Rechten einen Rosenkranz und in der Linken ein Megafon.

»Gnade und Barmherzigkeit, o mein Jesus, in der gegenwärtigen Gefahr. Bedecke uns mit deinem kostbaren Blut«, feuert sie die anderen an, die im Chor einstimmen und, von Fotokopien ablesend, Satz für Satz die heiligen Wunden preisen.

Leicht angewidert und verwirrt – sie kann es sich nicht verkneifen – starrt Sandra Lagos auf den Monitor mit der Liveübertragung von Mónicas Gebet in Colón. Gleichzeitig verfolgt sie aus dem Augenwinkel, wie Olga auf der Kante ihres Studiosessels herumrutscht, bis eine Assistentin ihr ein Kissen unter den Hintern schiebt, sodass sie endlich aufrecht sitzen kann.

»Ich weiß auch nicht, warum sie es dermaßen mit diesem Rosenkranz hat«, kommentiert Olga, um etwas zu sagen, weitere Erklärungen kann sie dazu aber nicht abgeben, weil man ihr in diesem Augenblick durch ein Zeichen zu verstehen gibt, dass sie still sein soll: Gleich gehen sie auf Sendung.

Augenblicklich richtet Sandra Lagos ihre gesamte Körpersprache auf Olga, legt ihr eine Hand aufs Knie, überwacht aber zugleich aus dem Augenwinkel das rote Licht der Kamera.

»Ihre Tochter ist sehr gläubig, haben Sie erzählt, Olga …«

Nur wenige Meter entfernt, im Regieraum, wo Sandra Lagos' gefasster Gesichtsausdruck und Olgas stramm aufrechte Gestalt aus den verschiedensten Blickwinkeln zu bewundern sind, stößt der Regisseur die Luft aus, die er seit zehn Sekunden angehalten hat. Er weiß, dass Sandra Lagos das Gespräch vom Glauben zur Solidarität und von der Solidarität zur Tatenlosigkeit und Reaktionsunfähigkeit der Behörden steuern wird. Anders gesagt, ihm bleibt mindestens eine Viertelstunde, um mit den Kollegen vor Ort, in Colón, zu sprechen und alles Nötige zu veranlassen. Mit großen Schritten geht er hinaus, das Handy hat er bereits gezückt.

»Sag mal, Marina, musstest du ausgerechnet diesen Christus da hintun? Hätte es keinen anderen gegeben?«

Olga starrt direkt in die Kamera, in die Augen der gesamten Nation. In der Küche in Colón spürt Marta, dass auch sie von diesem Blick durchbohrt wird, bis sie zu Staub zerfällt, bis sie zu keiner Bewegung mehr fähig ist, wie ein Baum im Würgegriff einer Schlingpflanze. Ein Baum, der unter dem Druck der reißenden Strömung, in die ihre Mutter sich verwandeln kann, umknickt wie ein dünnes Hälmchen und hilflos vom Wasser fortgetragen wird. Deshalb hält sie sich auch immer sorgfältig auf dem sicheren Ufer, kommt dem Wasser niemals zu nahe. Und trotzdem findet Olga jedes Mal Mittel und Wege, sie mit sich zu reißen.

»Mich hungert nach Seeeeelen!«

Marta sieht erschrocken ihre Tochter an, die mit nach vorne ausgestreckten Armen schreiend im Kreis läuft wie eine Gestalt aus einem Zombiefilm.

»Nicht so laut, Evelyn! Was soll das? Am Ende hören die uns noch da draußen …«

»Das hat Jesus zu einer Jungfrau gesagt.« Evelyn hält ihrer Mutter das Begleitheft zu dem Wundenrosenkranz hin.

»Ewiger Vater, ich opfere dir die Wunden unseres Herrn Jesus Christus auf, um die Wunden unserer Seelen zu heilen«, wiederholt Mónica, der die Sonne in die Augen scheint, während ihr die natürlich blonden Locken bereits leicht an der verschwitzten Stirn kleben. Anschließend übergibt sie das Megafon jedoch einer ihrer Mitstreiterinnen, denn Marina gelingt es, sie beiseitezunehmen und damit zugleich den Kameras der Konkurrenzsender zu entziehen.

»Mónica, beten Sie später auch noch einen Rosenkranz?«

»Das ist ein Rosenkranz, meine Liebe.«

»Ja, klar, ich meine einen, der nicht ganz so … Also, irgendwas, was ein bisschen Hoffnung macht, was Positiveres, oder so.«

»Wie meinen Sie das?«

»Wenn Sandra Lagos gleich mit Ihrer Mutter fertig ist, werden wir Sie zeigen, also die ganzen Leute hier, beim Beten. Wie wärs mit einem Ave-Maria? Das ist einfach bekannter …«

»Glauben Sie? Wir haben halt schon die ganzen Fotokopien gemacht.«

»Wir wollen Ihnen helfen, Mónica. Wir wollen zeigen, dass die Leute hier zusammenhalten, wegen Hugo. Die anderen

Sender bringen die ganze Zeit bloß Bilder von dem Unglück und von den Leichen, Sie verstehen schon.«

»Ja, schrecklich, wozu das ganze Blut? Die sollten lieber uns unterstützen!«

»Eben, das finde ich auch. Aber das mit den Wunden ist vielleicht ein bisschen zu hart, die Leute sind empfindlich, verstehen Sie? Am Ende schreckt sie das noch ab. Und genau das wollen wir natürlich nicht, Mónica.«

»Klar.«

»Nicht, dass Sie sich jetzt noch mehr Sorgen machen … aber manche Medien behaupten inzwischen, Ihre Schwester hätte die Bustickets erst nach dem Unglück gekauft.«

»Warum sagen die das?«

»Sie haben bei der Busfirma nachgefragt.«

»Und was soll daran so schlimm sein?«

»Sie sagen, es sei komisch, dass sie dann auf einmal weggefahren ist. Aber das sind natürlich die Staatssender. Statt sich mal die Regierung vorzunehmen …«

»Das heißt, ich soll einfach mit einem Ave-Maria weitermachen? Und wann genau? Geben Sie mir Bescheid, wenn es so weit ist?«

Mancuso trommelt mit den Fingern auf dem Bild des heiligen Expeditus. Dabei lässt er den Blick über seine drei Gesprächspartner schweifen. Am Fenster steht mit verschränkten Armen der Beamte, der den Einsatz am Bahnhof Haedo geleitet hat. Gestern früh noch ein Held, ist er inzwischen der Idiot, der nicht erklären kann, wo die Leiche von Hugo Víctor Lamadrid abgeblieben ist. In der Mitte des Zimmers verlagert ein Feuerwehrmann sein Körpergewicht vom Ballen auf die Ferse und wieder zurück auf den Fußballen. Gleichzeitig schließt und öffnet er die Fäuste. Am Türrahmen wiederum, halb dem Flur zugewandt, lehnt Domínguez und konzentriert sich darauf, den Joghurt in sich reinzulöffeln, den Ramírez ihm gebracht hat. Gegen das Sodbrennen. Schließlich bricht Mancuso das Schweigen.

»Und, wer ist schuld an dem Schlamassel?«

Hinter dem Chef der Bezirkskriminalpolizeidirektion Morón, der als Einziger sitzt, wendet Olga sich von einem ziemlich großen Fernsehbildschirm aus mit der Frage an den Einsatzleiter, warum er sie nicht empfangen und ihr jede Auskunft verweigert hat. Anschließend möchte sie wissen, wer sein Vorgesetzter ist, und warum er ihr nicht sagen will, was mit der Leiche von Hugovíctor passiert ist – bei Sandra Lagos heißt er nur noch »Hugovíctor«, zusammen und ohne Nachnamen. So nennt ihn inzwischen das ganze Land.

»Sie ist nie bei mir erschienen, von wegen. Sie ist gleich zum Fernsehen gegangen«, verteidigt sich der Angesprochene.

»Ich hab einen Freund bei dem Sender, über den könnten wir vielleicht …«

Der Feuerwehrmann wird durch einen spitzen Schrei von Domínguez unterbrochen. Eine zähe rote Flüssigkeit ergießt sich auf das Parkett von Mancusos Büro, sie erinnert an das Blut der Christusfigur am Gitter vor Mónicas Haus. Mit angewidertem Gesichtsausdruck hält Domínguez sein Plastiklöffelchen in die Höhe.

»Was ist das denn? Ramírez!«, ruft Domínguez in Richtung des gegenüberliegenden Büros. »Was hast du da für ein Zeug gekauft?«

»Immer mit der Ruhe«, ruft Mancuso noch lauter und versetzt die vor ihm auf dem Tisch liegende Dienstwaffe wie ein Rouletterad in kreisende Bewegung, woraufhin der Feuerwehrmann noch nervöser vor- und zurückwippt. Ihn hat man hierherbestellt, weil er seinen Kollegen auf der Wache am Morgen mit der Nachricht kam, Hugovíctor sei lebendig aus dem Zug geborgen worden.

»Was Lamadrid angeht, gibt es etwas, was Sie vielleicht wissen sollten«, lässt sich Domínguez vernehmen, während er mit dem Löffelchen in dem roten Schleim auf dem Grund des Joghurtbechers herumrührt.

Mancuso fällt ihm ins Wort: »Das ist Marmelade, du Idiot. Wann hast du zum letzten Mal Joghurt gekauft? Da ist jetzt immer so was drin.«

Domínguez begreift, dass er besser den Mund hält. Er lehnt sich auf den Flur hinaus und zielt mit dem Joghurtbecher auf einen etwa zwei Meter entfernten Mülleimer. Noch während der Becher seinem Ziel entgegenfliegt, wendet sich Domínguez – als trüge er ein Tablett – mit geöffneten Handflächen wieder Mancuso zu und gibt ihm so zu verstehen, dass er weitersprechen soll. Der Joghurtbecher prallt vom Rand des Mülleimers ab und landet auf dem Boden. Der Chef der Bezirkskriminalpolizeidirektion spricht jedoch nicht weiter, weil Sandra Lagos' Programm seine Aufmerksamkeit auf sich zieht.

In der Mitte des Bildschirms ist auf einmal ein Herz zu sehen. Ein rotes Herz, aus dem sich mehrere Flammen erheben, ringsherum ein Strahlenkranz. Ein brennendes Herz, das jetzt kleiner wird, ein wenig nach hinten, in die Tiefe des Bildes rückt, während der Strahlenkranz sich über den blendend weißen Stoff des Umhangs ausdehnt, der Jesu Körper vom Hals bis zu den Knöcheln bedeckt. Vom nachmittäglichen Sonnenschein und seinem eigenen Licht beschienen, zeigt sich das gelassen dreinblickende Gesicht des Erlösers, dem von irgendwelchen erlittenen Schmerzen nichts anzusehen ist. Der erhobene Zeigefinger der Rechten deutet leicht nach oben wie auch nach vorne, ein Lämmchen hat den Kopf auf seine linke Handfläche gelegt, und das bis zu den Ohren makellos glatte – ohne jeden Frizz –, von da an aber leicht gewellte Haar fällt bis auf die Schultern hinab. Umgeben wird die Gestalt von dornenlosen Rosen und Tauben, die genauso weiß sind wie die weiße Tunika. Die gesamte Komposition befindet sich auf einer glänzenden Vinylplane, die inzwischen vor dem Haus von Hugovíctors Schwägerin Mónica in Colón aufgespannt worden und jetzt live zu bewundern ist. Mancuso stellt den Ton lauter, um zu hören, wie Mónica mit »Gegrüßet seist du, Maria« einsetzt, während der Priester, der die Plane zur Verfügung gestellt hat, gleichzeitig laut schreiend etwas von einem verlorenen Lamm verkündet, woraufhin der Kameramann reaktionsschnell auf das kleine Tier in Jesu Armbeuge zoomt.

»Wie heißen Sie noch mal?«, fragt Mancuso und wendet sich auf dem Drehstuhl wieder seinem Gesprächspartner zu.

Der Feuerwehrmann Marcelo erklärt zum vierten Mal, dass er Marcelo heißt. Der Chef der Bezirkskriminalpolizeidirektion hat allerdings keine Gedächtnisschwierigkeiten, es geht ihm vielmehr darum, klarzustellen, wer hier das Sagen hat. Er fängt wieder an, mit seinen dicken Fingern auf dem zerknitterten Heiligenbildchen herumzutrommeln, das Marcelo zum

Beweis für seine Behauptung mitgebracht hat. Schließlich ergreift er das Porträt des untersetzten Heiligen und hält es in die Höhe. Ein richtiger Herz-Bube.

»Wissen Sie, wer der heilige Expeditus war?«

»Expeditus ist einer unserer beliebtesten Heiligen, Herr Direktionsleiter.«

»Einer, der es immer eilig hatte, einer, der immer Angst hatte, er könnte nicht schnell genug sein. So einer war das.«

Marcelo fängt wieder an, auf den Füßen zu wippen. Dabei sieht er Hilfe suchend den Einsatzleiter an, der seinen Blick jedoch ignoriert und Mancuso einen Matebecher reicht. Domínguez wiederum steht erneut mit verschränkten Armen am Türrahmen und starrt auf den Flur hinaus. Der Chef der Bezirkskriminalpolizeidirektion spricht weiter: »Dieser Expeditus war ein römischer Soldat. Deswegen hat er auch so ein Röckchen an. Er hat für die Römer gearbeitet. Aber eines Tages hatte er eine Offenbarung oder irgendwas in der Art, und danach wollte er Christ werden. Wie die Römer das fanden, können Sie sich vorstellen, die hätten ihn am liebsten sofort einen Kopf kürzer gemacht. Er wollte aber trotzdem Christ werden, unbedingt. Er war einfach von seinem Glauben fest überzeugt, von seiner Wahrheit, verstehen Sie? Und deshalb hatte er es eilig. Für ihn gab es nichts zu überlegen, abzuwarten, bis die Situation sich ein bisschen beruhigt, kam für ihn nicht infrage. Auf keinen Fall. Aber als er das mit dem sich Bekehren gerade umsetzen wollte, kam ein Rabe angeflogen und hat gekrächzt: ›Cras!‹ Das heißt auf Lateinisch ›morgen‹, also sozusagen: ›Verschieb es auf morgen.‹ Aber Expeditus, von wegen, der hat den Raben totgetreten, denn er wollte sich unbedingt noch am selben Tag bekehren, jetzt gleich, ohne Aufschub. Er hat seine Wahrheit wie ein Feuer gespürt, das in ihm brennt. Und deshalb hat er sich zum Christentum bekehrt. Und ist ein Heiliger geworden. Und deshalb ist er auch der Schutzheilige für alles, was dringend und eilig ist, für alles, was sich nicht aufschieben lässt. Die Römer haben ihn aber trotzdem abgemurkst.«

Mancuso macht eine Kunstpause, als hoffte er, die gewünschten Schlussfolgerungen würden sich nun wie von selbst einstellen. Dann wiederholt er seine Eingangsfrage: »Also, wer ist schuld an dem Schlamassel?«

Er steckt das Heiligenbildchen in seine Hemdtasche und steht auf, womit er zu erkennen gibt, dass das Gespräch beendet ist. Er stellt sich vor den Einsatzleiter, legt ihm die Hände auf die Schultern, tätschelt sie zunächst, packt dann aber fest zu.

»Warum so ängstlich, warum so eilig? Erst handeln, wenn man sich seiner Sache wirklich sicher ist! Wenn der Mann hier recht hat, haben die anderen den Schlamassel. Ihr habt den Kerl dann nämlich aus dem Waggon geholt und den Sanitätern übergeben. Und von da ab ist die Leiche nicht mehr eure Angelegenheit. Sobald sie nicht mehr auf dem Bahnsteig liegt, sind die anderen dafür zuständig. Ihr könnt euch also ganz entspannt zurücklehnen.«

Die Beatles, Pappo, die Rolling Stones, der Himmel, die Beatles, Pappo, die Rolling Stones, der Himmel, die Beatles, Pappo, die Rolling Stones, der Himmel, der Himmel, der Himmel, der Himmel, der Himmel. Mehrmals hintereinander hat Hugo den offenen Himmel vor Augen, während er, mit weit ausgebreiteten Armen und den Kopf im Nacken, nach vorn geschleudert wird; dann fängt die Schüssel erneut an, sich zu drehen, jetzt aber in Gegenrichtung: Die Rolling Stones, Pappo, die Beatles, der Himmel, die Rolling Stones, Pappo, die Beatles, der Himmel, der Himmel, der Himmel, der Himmel, der Himmel. Beim Nachvorngeschleudertwerden blickt er auch diesmal in den Himmel. Die Musik, die dazu zu hören ist, hat nichts mit den Beatles oder den Rolling Stones oder mit Pappo zu tun. Hugo hat zuerst gedacht, es sei eine Cumbia, heute hört sich ja alles wie Cumbia an, aber nein, es ist eine Art superschneller Cha-Cha-Cha, Bumm-Cha-Chá, bei dem er jedes Mal mit dem Rücken gegen die raue harte Lehne prallt, immer fester, bis das Ganze, kurz bevor er endgültig vom Sitz befördert wird, schlagartig abbricht.

Er hält nach Negro Ausschau, aber da ertönt ein Tutututuu, Tutututuu, Pipipipipipipiii, und mit einem Ruck geht es wieder los. Bei dem Krächzen und Knarren muss Hugo an die Geräusche denken, die der Waggon von sich gab, als er zusammengequetscht und verbogen wurde. Am liebsten würde er aussteigen. Von dem Rhythmus wird ihm glühend heiß, eine Art Batucada, wie ihm jetzt bewusst wird, dazu singt einer auf Brasilianisch, irgendwas völlig Verrücktes, Bumm-bumm, Tamm-tamm, dass es ihm die Beine herumwirbelt. Weil er sich die ganze Zeit festklammern muss, tun ihm sämtliche Muskeln weh. »Stopp«, schreit er, »stopp, stopp, stopp!« Aber keiner hört ihn. Da muss er loslassen. Gern würde er aufstehen, um sich vor Pappo zu verbeugen, sich dabei irgendwie im Gleichgewicht halten und entgegen der Drehrichtung auf der Stelle treten, aber wie soll er das schaffen? Stattdessen rollt er jetzt über den Boden, einmal hin, einmal her, bis er einen der vier Jungs, die mit ihm eingestiegen sind, am Knöchel zu fassen bekommt. Der fängt an zu strampeln, um ihn abzuschütteln, schließlich möchte er nicht vom Sitz gezogen werden, aber da verringert die Schüssel ihre Drehgeschwindigkeit. Sie wird immer langsamer, bleibt stehen, sinkt wie eine fliegende Untertasse, die landet, und gibt dabei ein Geräusch von sich wie ein Blasebalg, der die Luft ausstößt. Negro sieht von seinem Platz unter einem kleinen Baum ungerührt zu. Rati und Rottweiler haben sich ein Stück weiter entfernt und folgen mit dem Blick einem Wagen der Achterbahn – der »Super 8« –, der langsam aufwärtsfährt. Hugo würde sich ihnen gern anschließen. Die »Super 8« war früher die zweitschärfste Achterbahn, noch schärfer war nur die »Super Tornado«. Aber ihm ist schwindlig, und er hat kein Gefühl in den Armen. Immer noch steht er, leicht schwankend, in der Mitte der Blechschüssel, die jetzt völlig harmlos wirkt. Die junge Frau mit den blauen Haaren, die gestern bei der Sesselbahn arbeitete, wartet darauf, dass er aussteigt. Hugo fragt sie, was das für eine Musik war und ob das hier dasselbe »Sambodrom« ist wie früher im Italpark in Buenos Aires. Vom Italpark hat sie offenbar nie gehört, und den Titel, den die Frau ihm jetzt nennt, wird Hugo niemals wiederholen können, irgendwas Brasilianisches war es aber, ganz bestimmt.

»Warum sind dann die Beatles und die Rolling Stones aufgemalt? Weißt du, wer Pappo war?«

Die Frau mit den blauen Haaren zuckt die Schultern, und Hugo klammert sich noch ein paar Sekunden an das Geländer und betrachtet die Gesichter auf dem Blechtriptychon, das den zentralen Teil der Dekoration des »Sambodroms« darstellt. Sie sind ziemlich entstellt. Die Beatles hat er an ihren Frisuren erkannt, Keith am Stirnband, und Pappo, weil er eben Pappo ist. Sinn ergibt das Ganze aber nicht im Geringsten. Genauso gut könnte was völlig anderes dort zu sehen sein – Hauptsache, der schäbige Hintergrund wird verdeckt.

Rati und Rottweiler laufen jetzt an dem Stacheldrahtzaun hin und her, der ihnen den Zugang zur »Super 8« versperrt. Als der Wagen voller Schulmädchen an ihnen vorbeirast, die vor Angst und Aufregung schreien, bellen sie verzweifelt, als entginge ihnen ein köstlicher Braten. Negro dagegen kommt zu Hugo und leckt ihm die Hand. Langsam überqueren sie die Brücke über das tote Wasser, das angeblich ein Fluss sein soll. Am anderen Ufer stehen die Basilika und noch eine Achterbahn, die diesen Namen aber kaum verdient – darum heißt sie auch bloß »Achterbahn«. Dafür kommt hier tatsächlich Cumbia aus den Lautsprechern. Hugo hat drei Chips in der Tasche, aber seine Arme zittern immer noch, also lässt er die Spielautomaten links liegen und nähert sich der Wallfahrtskirche. Im Licht der Abendsonne werden vor allem die Wasserspeier sichtbar, mehr als die Heiligen und Apostel. Negro bleibt am Eingang zurück, in die Kirche geht er nie.

Drinnen betet kein Mensch für Hugovíctor. Alle sind mit ihren eigenen Angelegenheiten beschäftigt. Lauter Krankheiten und sonstiger Scheiß. Hugo hat eins der Fotos von sich dabei, die in der Zeitung abgebildet waren, und dazu ein rotes Band mit einem Marienbild und einem Bild vom heiligen Expeditus darauf. Er wusste nicht, ob er das mit der Aufschrift *Beschütze mein Geschäft*, *Beschütze mich auf meiner Reise* oder *Beschütze meine Familie* nehmen sollte, hat sich zuletzt aber für *Beschütze mich auf meiner Reise* entschieden. Vor dem Beichtstuhl stehen viele Leute an, weshalb Hugo ein Weilchen

Galgo den Rücken krault und dann hinausgeht. Die Einzigen, die ihn hier in Luján erkennen, sind die Hunde.

Draußen ist kaum jemand zu sehen, trotzdem werfen sie in den Grillbuden Fett in die Glut, damit Rauch aufsteigt. Hugo geht wieder zu der von gestern Abend, da läuft nämlich die Sendung mit Rifle Barrios, und gleich daneben ist der Stand, wo man sich T-Shirts mit dem Foto von einem selbst in der Basilika bedrucken lassen kann. So eins lässt er sich später machen. Außerdem soll da *Fick dich, Rifle* draufstehen. Damit der es liest, wenn sie ihn finden.

Hugo sieht, wie der letzte Widerschein der Sonne hinter einem Baum verschwindet, kurz bevor er den höchsten Punkt der »Achterbahn« erreicht, von dem aus es steil in die Tiefe geht. Das hat Marta nie gewollt, dazu hat sie sich nie aufschwingen können – mit ihm dort rauf, bis ganz nach oben, und sich dann fallen lassen, dem Taumel ausliefern. Er vermisst Marta kein bisschen.

Beto will sich zum ersten Mal in den Sessel setzen, den er sich gekauft hat, nachdem Olga ihm den letzten Lohn ausbezahlt hat. Er stellt die Fußstütze ein, kippt die Lehne aber zu weit nach hinten. So geht es nicht – er möchte gleichzeitig den Bildschirm sehen und Pizza essen. Bei dem Versuch, die Position zu korrigieren, stößt er die Bierflasche um. Heute klappt aber auch gar nichts. Anschließend rührt er sich zum ersten Mal seit einem Monat über zwei Stunden lang nicht vom Fleck. Draußen wird es dunkel, das Rollo hat er aber schon vor einer Ewigkeit runtergelassen. Der Widerschein des völlig überdimensionierten Bildschirms färbt sein Gesicht blau. Seine sorgenvoll-bekümmerten Gesichtszüge. Er flucht leise, dann etwas lauter und schließlich in voller Lautstärke. Er steht auf und drischt dabei auf die Armlehnen ein, öffnet mit einem Fußtritt die Badezimmertür, pinkelt im Dunkeln und bearbeitet auf dem Rückweg die Flurwände mit den Fäusten.

Er wirft einen Blick aufs Telefon und schmeißt es wieder auf das Tischchen mit der kalt gewordenen Pizza. Eine Weile steht er mit in die Seiten gestemmten Armen da und starrt auf den Fernseher. Kacke. Er war dabei, als Spieler in Europa so richtig durchzustarten. Aber dann hat er mehrfach Mist gebaut, nur weil der Scheißcontroller nicht so will wie er.

Er knallt die Kühlschranktür so heftig zu, dass drinnen alles umkippt. Kehrt dann mit einem frischen Bier zum Sessel zurück. Das Spiel und die Flüche gehen weiter. Diesmal heißt der Gegner Bayer Leverkusen. Das ist seine Chance. Jetzt bloß nicht an sein WhatsApp denken. Seit er den Rollladen vor dem Geschäft runtergelassen und sich hier in seinem Haus eingebunkert hat, ist ein ganzer Tag vergangen, ein Tag, den er mit PlayStation-Spielen und Abwarten verbracht hat, in der Hoffnung, es würde etwas geschehen. Draußen geschieht aber nicht das Geringste, außer dass Olga im Fernsehen ihre Show abzieht.

Hugovíctor – Opfer und Mörder in einem – bleibt unauffindbar. Und der Einzige, der alles über die beiden Hugovíctors weiß, hat sich in seinem Wohnzimmer verbarrikadiert und versucht, ins Achtelfinale der Champions League vorzustoßen. Kein Mensch weiß, dass er existiert. Niemand ruft bei ihm an, weder die Polizei noch irgendwelche Journalisten wollen etwas von ihm wissen. Als wäre er, Beto, überhaupt nicht vorhanden. Ihm ist klar, dass ihm nichts Besseres passieren kann, trotzdem nervt es ihn auch. Schließlich entscheidet er nicht selbst darüber, ob er im Hintergrund verborgen bleibt, das hängt von seinem Freund und seiner Chefin ab. Und das ist zutiefst frustrierend. Er verliert die Partie in der letzten Minute und pfeffert den Controller wütend in die Ecke. Wenn man schnell denkt und die gegnerischen Spielzüge vorhersieht, aber nicht entsprechend schnell agieren kann, wenn die Bewegungen langsamer als das Denken sind, dann verliert man. So wie es ihm mit Olga und Hugo geht – er bekommt das Spiel einfach nicht unter Kontrolle. Und fliegt aus der Champions League.

Zornig schwingt er sich aus dem Sessel und tritt dabei auf den anderen Controller, den Hugo immer benutzt. Es knirscht unter seiner Sohle. Er weiß nicht, ob er ihn wegschmeißen soll, immerhin hatte er ihn am Tag des Freundes mit einem eigenen Code für ihn ausgestattet. Er war ein Geschenk. Er weiß allerdings ebenso wenig, ob Hugo überhaupt noch sein Freund ist. Es geht immer schlecht aus, wenn sie zusammen FIFA spielen. Hugo sagt dann jedes Mal, er benimmt sich wie ein Kind, kein Mensch stellt sich beim PlayStation-Spielen so an, das ist doch keine echte Partie, das ist doch nicht die Wirklichkeit. Worauf Beto schreiend erwidert, jeder kann sich so anstellen, wie er will, und dieses Spiel ist sehr wohl echt, so echt wie eine echte Partie. Denn wenn man einmal in ein Spiel einsteigt und mitmacht, kann man dann noch behaupten, das Spiel wäre nicht echt?

Rifle will nicht, dass seine Haut glänzt, weg mit der Creme. Und braune Schuhe will er auch nicht. Er hasst braune Schuhe. Er geht noch einmal sämtliche eingegangenen Nachrichten auf seinem Handy durch, scrollt hoch und runter. Er weiß nicht, was er sich heute aus den Fingern saugen soll, sein Telefon liefert auch keine Antwort. Die Frau von der Maske versteift sich darauf, dass zu einem blauen Anzug braune Schuhe einfach besser passen, ja, braune, bevor sie mit Tränen in den Augen loszieht, um in aller Eile eine schwarze Hose aufzutreiben. Rifle stapft daraufhin in Socken hinter den Kulissen herum. Ausgerechnet heute muss denen auf einmal einfallen, dass es viel besser ist, wenn er während der Sendung steht, dass das viel besser rüberkommt, als wenn er sitzt. Gleich muss er sich eine volle Stunde lang mit zwei Abgeordneten der Opposition herumschlagen. Mit braunen Schuhen an den Füßen hat er nicht mal Lust, denen auch nur Guten Tag zu sagen, geschweige denn den Rest des Programms abzuspulen. Keiner hat es geschafft, etwas Besseres aufzustöbern. Wenigstens einen Behördenvertreter, oder einen Angehörigen, oder einen Überlebenden. Sandra Lagos hat sich für ihr Programm Olga gekrallt, und Marta reagiert nicht auf seine Anrufe. Ganz schön undankbar, diese Marta, aber wirklich. Nach dem gestrigen Programm hätten seine Bosse sich jedenfalls etwas Besseres erwartet.

Kaum war die Meldung wie eine Bombe eingeschlagen, dass eine Leiche fehlt, hatte Rifle eine neue Alumni-Gruppe bei WhatsApp ins Leben gerufen, allerdings ohne Hugo, und die Sendung gestern Abend war dann auch der totale Luxus, mit lauter Fotos, die niemand sonst hatte, und befreundeten

Journalisten und Reportern, die jede Menge Anekdoten erzählten und gleichzeitig als Studiogäste und Moderatoren auftraten. Beim Sender waren natürlich alle hochzufrieden. Aber auch die von El Grupo, seine ehemaligen Mitstudenten, schließlich ist Rifle der Einzige von ihnen, der nicht von irgendwelchen Scheißjobs überleben muss. Dafür könnten sie jetzt ruhig mal behilflich sein. Rifle hat ihnen ein bisschen Aufmerksamkeit verschafft, aber keiner dankt es ihm mit einer Nachricht, einer noch so kleinen Information.

Anfangs sah es so aus, als wäre das endlich der nötige Anstoß, damit die anderen im Sender ihn ein bisschen ernster nehmen. Aber heute steht er schon wieder in Unterhosen da. Er geht die Liste seiner Telefonkontakte durch, vielleicht ist ja doch ein Name darunter, bei dem ihm was einfällt. Nichts als Pressesprecher und Fußballspieler. Fluchend verlässt er das Studio und kehrt mit braunen Schuhen an den Füßen zurück. Er begrüßt die beiden Abgeordneten und wirft einen letzten Blick aufs Handy, gibt dabei einmal mehr dem Tic nach, mit dem Daumen nervös sämtliche WhatsApp-Chats durchzuscrollen, vor seinen Augen dreht es sich wie das Rad eines Spielautomaten, aber statt Kirschen oder Zahlen spuckt das Gerät bloß Namen aus, die ihm nicht im Geringsten weiterhelfen: ein Trainer, zwei junge Frauen, der Produzent, Vertreter von Markenfirmen, die ihn regelmäßig zu Veranstaltungen einladen, seine Ex, Hugo, die Jungs, seine Mutter, der andere Produzent. Stopp, sagt er zu sich selbst. Und scrollt ein Stück zurück. Hugo. Na klar. Mann, bin ich doof! Er öffnet den Chat mit Hugo von vor dem letzten Grillabend und liest ganz oben, klar und deutlich: *zul. online heute um 14.22*. Kacke, denkt er. Und dann ist er auf Sendung.

Da, wo Schnitte in dem Fleisch sind, tritt eine zähe dunkle Flüssigkeit aus. Als handelte es sich bei dem, was dort im sterilen Licht der Mikrowelle schimmert, um – von gebratenen Kartoffelbällchen umgebene – Stücke des Christus vom Gitter vor Tante Mónicas Haus. Evelyn wird übel, sie will das nicht essen. Tante Mónica bietet ihr die vegetarische Alternative an: mit Kürbis und vier Käsesorten gefüllte Ravioli. Vom Kasino haben sie das morgige Menü geschickt, da ist Damenabend, wie immer am Donnerstag, und Mónica wird arbeiten müssen, ohne Wenn und Aber, weil da jedes Mal sehr viel los ist, und sie hat sich schon zwei Tage freigenommen.

»Also wirst du dich um die Leute vor der Tür kümmern müssen, Marta.«

Evelyn stochert in den Ravioli auf ihrem Teller herum, bis sie kalt sind, steht auf und geht aus der Küche. Marta und Mónica versuchen nicht, sie zurückzuhalten, und sie machen ihr auch keine Vorwürfe, weil sie nichts gegessen hat – dafür sind sie viel zu beschäftigt mit ihrem Streit.

Mama will mit dem Kettengebet nichts zu tun haben, und mit den Journalisten auch nicht, und Oma anrufen will sie erst recht nicht. Über Oma sprechen die beiden viel. Von Papa ist dagegen überhaupt nicht die Rede. Aus dem verbotenen Teil des Hauses dringt gedämpftes Murmeln von der Straße herein. Evelyn wagt sich ein paar Schritte über die rote Linie im Flur. Diese imaginäre Linie erstreckt sich von der Badezimmertür zur gegenüberliegenden Tür des »Büros«. Evelyn überquert sie, um sich durch die frische Luft, die aus dem Wohnzimmer kommt, ein wenig Erleichterung zu verschaffen. Sie ist jetzt schon seit zwei Tagen hier eingesperrt, noch einen Tag wird sie wahrscheinlich nicht durchstehen. Was das angeht, ist berühmt sein schrecklich. Und von dem, was sonst noch zum Berühmtsein gehört, bekommt sie nichts mit.

Mama und Tante Mónica verstummen, denn im Fernsehen sagt jemand plötzlich »Evelyn«. Es ist die Stimme des berühmten Journalisten, der mit Papa befreundet ist. Rifle Barrios ist empört und sagt, Evelyn hat ein Recht auf die Wahrheit. Oder vielleicht ist er gar nicht empört, sondern es hört sich bloß so an, weil Mama und Tante Mónica den Fernseher wieder lauter gestellt haben.

Olga liegt schräg im Sessel vor dem Fernseher und schläft. Die Abgeordneten in Rifles Sendung fordern schreiend Konsequenzen für die Verantwortlichen, aber davon wacht sie nicht auf. Von der Klingel schon. Wenn es wieder die Leute von Sandra Lagos sind, wird sie sie in die Schranken weisen müssen. Heute Morgen ging es gut los mit ihnen, aber danach wurde die Sache kompliziert, und sie musste darum bitten, die Privatsphäre ihrer Angehörigen zu respektieren. Olga sah sich gezwungen zu sagen: »Wir sind Ihnen wirklich sehr dankbar, aber eine reine Show können wir trotzdem nicht aus der Sache machen.« Und das alles nur, weil Marta so bockig ist. Sandra Lagos ist sehr nett, ihr ist klar, was Hugovíctors Frau und Tochter gerade durchmachen, sie wollte Marta bloß fragen, warum sie ausgerechnet wenige Stunden nach dem Unglück nach Colón aufgebrochen ist. Warum sie nicht zu Hause geblieben ist. Da Hugo nicht auftaucht, versuchen sie, die Sendezeit mit allem möglichen Quatsch zu füllen – wieso soll es eine Rolle spielen, wann Marta losgefahren ist? Aber sie interessieren sich nur dafür, den genauen zeitlichen Ablauf zu rekonstruieren.

Als Olga gerade durch den Türspion sieht, klingelt es erneut. Draußen steht Mancuso, er spricht durch den Türschlitz, stellt sich mit lauter Stimme vor, mit vollständigem Namen und Dienstgrad, und wartet dann ab.

Rifle blickt in die Kamera und sagt, er hat eine Frage, die alles verändern kann.

Das Kettengebet hat seinen eigenen Biorhythmus. Die Stimme, die durchs Megafon spricht, die Sandwiches, die Leute und die Erfrischungsgetränke werden in regelmäßigen Abständen erneuert, ohne dass jemand die Entscheidungsgewalt darüber zu haben scheint. Hier in der Provinz ist das Leben eben einfacher, philosophiert Marina, während sie im Ü-Wagen von Sandra Lagos' Sender darauf wartet, dass Mónica ihr Neuigkeiten aus dem Inneren des Hauses zukommen lässt. Ohne hinzusehen, nur mit dem Gehör, verfolgt sie Rifles Sendung und schickt gleichzeitig WhatsApp-Nachrichten an eine Freundin. Sie schreibt, der passendere Spitzname für Rifle sei statt »Gewehr« eigentlich »nordkoreanische Langstreckenrakete«, das könne sie beweisen. Eine Liveübertragung findet im Augenblick nicht statt, aber die Reporter der vier Hauptstadtsender und des Senders aus Colón stehen weiterhin bereit, um jederzeit loslegen zu können. Mehrere Scheinwerfer lassen den Jesus auf der Vinylplane in noch hellerem Licht erstrahlen, und die Leute beten, essen und unterhalten sich über das, was geschieht, ohne zu wissen, ob sie gerade gefilmt werden oder nicht. Marina schickt noch eine WhatsApp-Nachricht:

Rifle weiß vielleicht
einfach nicht so genau,
was er mit dem, was er
hat, anfangen soll.
✓✓

Mónicas Freundinnen bewachen den Zugang zu Martas »Bunker«, wie inzwischen alle hier sagen. Etwas weiter entfernt befinden sich noch andere Gebetsgruppen, Schaulustige sowie, ganz am Rand, Leute, die fordern, man solle auch für das Mädchen beten, das auf eine Transplantation wartet, und für den Jungen, der auf den Fluss hinausgerudert und nicht zurückgekehrt ist. Evelyn wiederum späht nur wenige Meter vom Epizentrum entfernt erneut durch die Ritzen der Jalousie nach draußen. Sie wartet weiterhin auf ihre Gelegenheit zum Auftritt auf einer Bühne, von der sie jetzt noch weniger zu sehen bekommt, weil die Plane mit dem Jesus darauf ihr fast vollständig die Sicht versperrt. Dafür hört sie nun wieder die Litanei von den Wunden unseres Herrn Jesus Christus, die die Wunden unserer Seelen heilen sollen.

Mónica hat nämlich mit der Aufnahmeleiterin von Sandra Lagos ausgehandelt, dass sie, wenn auch nicht zur Hauptsendezeit, nochmals zwei Stunden lang den Wundenrosenkranz beten dürfen, wenn sie im Gegenzug versucht, ihre Schwester dazu zu bringen, ihr Schweigen aufzugeben.

»Das ist nicht meine Schuld, Marta, Mama hat mit der Sache angefangen. Du solltest mir lieber dankbar sein, dass ich so gut im Organisieren bin und das hier alles aufgezogen habe.« Mónica wird allmählich sauer, sie hält den Druck nicht mehr aus – Marta muss jetzt einfach etwas tun.

Rifle bittet um Aufmerksamkeit. Die Art, wie er das macht, bringt sogar Mónica zum Schweigen. Er sieht in die Kamera und fragt, wo Hugovíctors Handy abgeblieben ist. An wen genau sich seine Frage richtet, bleibt unklar, das weiß nicht mal Rifle selbst. Dafür weiß er ganz sicher, dass Hugovíctors Handy gestern gegen 14.22 Uhr benutzt worden ist.

Ich sags doch: Rifle weiß
nicht, was er mit dem, was
er hat, anfangen soll.
✓✓

Nachdem Marina ihrer Freundin diese WhatsApp-Nachricht geschickt hat, verlässt sie den Ü-Wagen und steuert zielstrebig die Tür von Martas Bunker an.

»Mann, ist dieser Rifle ein Schwachkopf«, sagt Hugo, ziemlich laut – er möchte, dass die Leute in seiner Nähe es hören.

Zuletzt haben sich doch ein paar Esser in der Grillbude eingefunden, die Hälfte der Tische sind besetzt, größtenteils von Männern ohne Begleitung, in dieser Hinsicht fällt Hugo nicht auf, nur durch seine Redefreudigkeit sticht er hervor. Er erwartet, dass der Typ vom Nebentisch auf seine Äußerung reagiert, aber der konzentriert sich abwechselnd auf den Fernseher und die Chinchulines auf seinem Teller. Da rückt Hugo ein Stück an ihn heran und fügt hinzu: »Weißt du, wieso? ›Gegen vierzehn Uhr‹, das ist okay, das kann man sagen, aber ›gegen 14.22 Uhr‹, das gibts nicht, ›14.22 Uhr‹ ist eine total genaue Zeitangabe – von wegen ›gegen 14.22 Uhr‹, so ein Schwachsinn, verstehst du?«

Was Hugo nie hat verstehen können, ist, warum Rifle es geschafft hat und er nicht.

Es gibt also doch Hoffnung?«

Olga hat Rifles Enthüllung neben Mancuso stehend mitbekommen. Sie sind beide davon überrascht worden, als sie gerade dabei waren, sich zu begrüßen, sie hatten sich noch nicht mal gesetzt. Olgas Frage allerdings klingt weder hoffnungsvoll noch überrascht. Mancuso ist über die Neuigkeit auch kein bisschen erfreut, es ist ihm jedoch weniger deutlich anzumerken. Jetzt lässt er sich in einem Sessel nieder, beugt sich aber nach vorne, Olga entgegen. Mit einer Handbewegung gibt er ihr zu verstehen, dass sie sich ebenfalls setzen soll, ihm gegenüber. Er durchbohrt sie mit dem Blick, ganz nach seiner Art, soll heißen: wie ein Raubtier, das seine Beute von unten ansieht, in Wirklichkeit aber abschätzt, wie weit es wird springen müssen, um über sie herzufallen.

»Sie müssen Ihren Schwiegersohn ja wirklich sehr gernhaben …«

Olga presst die Lippen zusammen und öffnet dann den Mund, um zu sprechen, der Chef der Bezirkskriminalpolizeidirektion lässt ihr jedoch keine Zeit, um sie ihren Schwall Gemeinplätze darüber abspulen zu lassen, dass sie den Vater ihrer Enkelin selbstverständlich lieb hat und schätzt.

»… aber ich möchte doch mal sehen, was Sie machen, wenn rauskommt, dass der angebliche Märtyrer, für den Sie dieses ganze Theater inszeniert haben, in Wirklichkeit nicht nur am Leben ist, sondern auch ein richtiger Krimineller …«

»Ich verstehe nicht.«

Jetzt lehnt Mancuso sich entspannt zurück, knöpft sein Jackett auf, schlägt die Beine übereinander und blickt zur Decke.

»Ich bin über den Stand der Ermittlungen bestens informiert; alles, was Kommissar Domínguez herausfindet, bekomme ich umgehend mitgeteilt, bei der Polizei sind die Hierarchien nun mal klar geregelt.«

Hugo geht hinaus, vor die Grillbude. In der einen Hand hält er eine Flasche Whisky, im Rucksack hat er noch eine, außerdem ein Plastikfässchen mit einem Liter Weihwasser. Durchs Fenster verfolgt er weiter das Geschehen im Fernsehen, was Rifle und die anderen sagen, kann er aber nicht mehr hören. Es ist eine klare Nacht, hinter dem linken Kirchturm zeigt sich der fast volle Mond. Die Turmuhr geht zwei Minuten nach, jedenfalls, wenn man die Zeitangabe am Fernseher zugrunde legt.

»Wie kann es sein, dass die Kirche sich nicht der offiziellen Zeit anpasst?«, fragt Hugo sich selbst mit lauter Stimme.

Negro sieht ihn an, offensichtlich glaubt er, Hugo würde mit ihm sprechen, ihm vielleicht einen Knochen zum Abnagen geben. Die Zeiger der Uhr am rechten Kirchturm rühren sich nicht vom Fleck. Alles kaputt.

Hugo trinkt aus der Flasche und macht sich mit schleppenden Schritten davon. Galgo kommt auf ihn zu, wenn die Kirche abends verschlossen wird, muss er seinen Stammplatz im Beichtstuhl verlassen und die Nacht im Freien zubringen. Zu dritt durchqueren sie, der Kirche den Rücken zukehrend, die Leere – die kein Platz, aber auch keine Straße ist –, wie Pilger, die bei ihrer Ankunft feststellen mussten, dass es Gott nicht gibt, oder dass es ihn zwar gibt, er sie aber verlassen hat, weshalb sie sich jetzt müde und ohne Hoffnung auf den Rückweg machen.

Rifle hat keine Ahnung, was er da eigentlich tut. »Womöglich fuhr das Opfer gar nicht mit diesem Zug«, hat er verkündet. Nicht zu fassen – auf einmal ist auch Rifle der Ansicht, Tote könnten reisen. Und dazu noch telefonieren. Und immer mehr Leute stimmen dem zu. Bis auf den alten scheiß Uzquiaga. Also lag Hugo seinerzeit gar nicht so falsch, so schlimm war sein Fehler jedenfalls nicht. Aber jetzt ist es so oder so zu spät, und viel Zeit bleibt ihm nicht mehr. Um noch irgendwas zu ändern. Um sich den Whisky reinzuziehen, zuerst pur, dann mit ein bisschen Weihwasser – Hauptsache, er bleibt im Rhythmus, bloß keine Pausen machen. Damit die Zeit schneller vergeht. Schließlich gibt es keinen Uzquiaga mehr, der jetzt daherkommen und schlaumeierisch verkünden könnte, dass es keine langen oder kurzen Stunden gibt, weil alle Stunden gleich lang dauern. Das kommt darauf an – wer weiß, ob Uzquiaga die Zeit nicht lang geworden ist, bis es schließlich ans Sterben ging. Hugo kichert in sich hinein, und Negro versteht nicht, warum.

»Ich lass mir doch lieber ›Tote fahren Bus‹ aufs T-Shirt drucken«, teilt Hugo den Hunden mit und lässt sich auf dem Bordstein nieder, um einen Plastikbecher halb mit Whisky und halb mit Weihwasser zu befüllen.

Negro spitzt die Ohren, blickt die Straße hinunter und läuft davon. Hugo folgt seinem Blick, kann aber nichts erkennen, weil er von den Scheinwerfern mehrerer Motorräder geblendet wird, die auf einmal wie aus dem Nichts angerast kommen. Das erste rollt über den vor ihm stehenden Plastikbecher, und der Typ auf dem dahinter fahrenden versetzt ihm einen Tritt, dass er rücklings hinschlägt. Das alles dauert bloß einen Augenblick. Galgo schlabbert die Whiskypfütze auf, während die Flasche davonrollt. Hugo liegt auf dem Rücken und starrt in den Himmel. Irgendwann sagt er »Evelyn« und fängt an zu weinen.

Domínguez verzehrt eine gegrillte Hähnchenbrust, die Ramírez ihm aus der Fleischbraterei an der Ecke mitgebracht hat. Sie liegt auf einem Plastikteller, daneben zwei Handys. Das eine enthält eine Nachricht von Mancuso – er soll auf ihn warten, er kommt später vorbei. Das andere gehört Hugo und klingelt gerade. Mittwochs setzt Ramírez ihn immer auf Diät, weshalb Domínguez mittwochs besonders ungeduldig ist.

Wenn völlig offen ist, wie lange er auf seinen Chef wird warten müssen, und das Thema, über das sie sprechen werden, aller Voraussicht nach Hugovíctors Handy sein wird, braucht er vorher unbedingt ein Dessert, etwas Süßes, das die bitteren Mittwochsüberlegungen vertreibt, all die Sachen, die man denkt, wenn man alt und müde ist, erst recht, wenn der Chef vorhat, einen wegen eines Handys auszuquetschen – wegen eines Handys, das man, intelligent und erfahren, wie man nun mal ist, unmöglich übersehen haben kann. Schweigend stellt er Hugos Handy stumm und steckt es zurück in die rechte Hosentasche. Ramírez ist bereits weg, also holt Domínguez sich einen Dreierpack Alfajores aus dem Automaten im Flur und überlegt dabei, wie eine Antwort lauten könnte, die weder das Wort »Intuition« noch das Wort »Neugier« enthält. Was Mancuso zu alldem zu sagen haben wird, ist ohnehin klar: Das Problem muss gelöst werden.

Nach vierzig Jahren bei der Kriminalpolizei reicht es für Domínguez nicht mehr, eine lebende Legende zu sein. Vor ihm klafft der Abgrund, der ihn von den Kollegen um ihn herum trennt, zuallererst vom Leiter der Bezirkskriminalpolizeidirektion: die Wahrheit herausfinden zählt nicht mehr, Problemlösung heißt die neue Parole.

Für Mónica bricht eine Welt zusammen.

»Er benutzt das Handy. Er ist völlig verrückt geworden. Am Ende taucht er lebend wieder auf, und mich bringen die Leute hier um.«

Der Aufnahmeleiterin von Sandra Lagos hat die Nachricht von Hugovíctors Handy auch keine Freude bereitet. Sie hat sich an Mónicas Freundinnen vorbeigedrängelt und klingelt jetzt an ihrer Tür Sturm. Dazwischen schickt sie eine WhatsApp-Nachricht nach der anderen. Drinnen will Mónica nicht hören, was ihre Schwester zu sagen hat – Marta und Evelyn sollen endlich mit Sandra Lagos sprechen, das ist die beste Reaktion auf die neue Lage. Sie knallt die Kühlschranktür zu und klickt sich mit der Fernbedienung durch sämtliche Sender. Auf dem Bildschirm setzt wieder die Liveübertragung des Geschehens vor ihrer Haustür ein. Was die Gebete angeht, halten sich die Leute vorläufig an den festgelegten Plan. Drinnen hört das Klingeln nicht mehr auf, und das Essen auf dem Küchentisch wird kalt.

Evelyn verfolgt das Ganze vom verbotenen Teil des Hauses aus und denkt dabei Sachen, die sie um nichts in der Welt preisgeben würde. Falls Papa tatsächlich noch am Leben ist, werden sie nach Ituzaingó zurückkehren, und kein Mensch wird sich dann noch für sie interessieren. Alle werden bloß noch mit ihm sprechen wollen, da macht sie sich nichts vor. Darum mag sie die guten Neuigkeiten nicht, lieber soll alles bleiben, wie es ist. Was haben die Leute um Himmels willen bloß alle mit ihren Handys?

In Tante Mónicas dunklem »Büro« sucht Evelyn nach der Schachtel mit Miss Lauras Handy. Seit dem Morgen trägt sie sich mit dem Gedanken, das Ding in dem Blumentopf mit dem Schwan zu verbuddeln, den Tante Mónica in den Hof gestellt hat. Sie steckt es in die Tasche ihres Kapuzenpullis und steuert entschlossen die Küche an, sie will sich das Durcheinander zunutze machen. Aber Mama schlägt ihr die Tür vor der Nase zu, ohne sie auch nur anzusehen. Das Letzte, was Evelyn zu hören bekommt, ist: »Beruhig dich, Mónica, der mit dem Handy, das ist nicht Hugo, sei leise und hör mir zu.« Evelyn kann ihr Vorhaben also vergessen. Verdammt, gottverdammt, wann hört das alles endlich mal auf?

Bis Rifle mit seiner Neuigkeit kam, lief es für Mancuso und Olga eigentlich ganz gut. Aber jetzt ist nicht mehr abzusehen, in welche Richtung die Dinge sich entwickeln werden. Die beiden haben die Lage jedenfalls nicht mehr im Griff. Die Strömung wird sie mit sich reißen, das ist ihnen klar. Und sie gehören nicht zu den Leuten, die bereit sind, dagegen anzuschwimmen. Aber nicht nur das, das Ganze wird immer mehr Fahrt aufnehmen und sich schließlich in einen reißenden Strom verwandeln, der zuletzt als Wasserfall in die Tiefe stürzt. Olga hat sich jedoch inzwischen von dem Schlag erholt und sieht, dass es von Vorteil sein könnte, zumindest teilweise die Wahrheit zu gestehen. Mancuso wiederum hat sich ausgetobt, indem er Domínguez eine wütende Nachricht hat zukommen lassen – was, verdammt noch mal, hat er zu dem verfluchten Handy von Hugovíctor mitzuteilen? Jetzt sitzen beide im selben Boot. Was solls, sie sind schon mitten auf dem Fluss, mit Volldampf unterwegs, und ihnen ist klar, dass ihnen ein Sturz ins Leere bevorsteht, man kann schließlich nicht verlangen, dass sich die Strömung einem selbst zuliebe umkehrt. Allerdings gehören Mancuso und Olga zu den Leuten, die es schaffen, sich im letzten Augenblick an den einzigen Ast in Reichweite zu klammern und dabei allen anderen zuvorzukommen, oder gerade noch ans Ufer zu springen, bevor das Boot senkrecht in den Abgrund rast, mit den nicht ganz so flinken und gewandten Passagieren noch an Bord. Vorläufig spielen sie aber erst einmal beide weiter ihre jeweilige Rolle.

»Ich sag ja nicht, dass Hugo ein Heiliger ist, aber einfach so aus dem Zug klettern und verschwinden, vor den Augen von Polizei und Feuerwehr, dazu halte ich ihn nicht imstande.

Kommissar Domínguez machte auf mich einen sehr erfahrenen Eindruck, und Sie wirken auch nicht gerade wie ein Anfänger.«

»Zum Glück bekommen wir morgen die DNA-Probe, natürlich inoffiziell, und wir hoffen, bei Ihnen und Ihrer Familie kehrt daraufhin endlich Ruhe ein, Olga.«

»Wie? So schnell? Und womit haben Sie die gemacht, wenn ich fragen darf? Evelyn haben Sie doch bislang nicht mal zu Gesicht bekommen.«

»Mit ihrer Zahnbürste. Heutzutage ist alles möglich, ein paar winzige Zellen genügen. Trotzdem sollten Sie sich auch auf den Fall vorbereiten, dass die infrage stehenden Überreste doch nicht von Ihrem Schwiegersohn stammen.«

»Das glaube ich nicht. Die müssen von Hugo sein. Wenn nicht, wie stünde die Regierung denn dann da? Und die Polizei? Und alle anderen Beteiligten? Macht Ihnen das keine Sorgen?«

»Das ist nicht das Wichtigste. Aber mir wäre es natürlich auch am liebsten, eine der bislang nicht identifizierten Leichen wäre die von Hugovíctor und fertig.«

»Sag ich doch!«

»Ebendarum sollten Sie allmählich mit uns zusammenarbeiten, Olga.«

Bei den heiligen Wunden!«

Mónicas Ausruf ist verschiedenen Dingen geschuldet – der Erleichterung darüber, dass die Annahme trotz allem Bestand hat, Hugo stecke irgendwo tot in dem Haufen Schrott, der von dem Zug übrig geblieben ist; der Wut darüber, dass ihre Schwester ihr die ganze Zeit vorenthalten hat, dass Hugos Handy bei Domínguez gelandet ist; der Unruhe, weil jetzt schnell und entschlossen gehandelt werden müsste, Marta aber weiterhin nichts unternimmt.

»Einfach loslegen ist nicht meine Art, ich muss erst mal nachdenken.«

»Du hast genug nachgedacht, Marta! Während ich das mit dem Gebet organisiere und mich um das Essen und alles andere kümmere, sitzt du da und denkst nach. Zwei Tage geht das schon so!«

»Sollen wir nicht trotzdem noch ein Weilchen überlegen?«

»Wenn, dann solltest du dir überlegen, was für eine Art Vater für Evelyn im Augenblick am besten ist. Hugo ist ein Opfer. Ein Op-fer! Alles Übrige ist Nebensache. Tu endlich was! Es muss weitergehen, und dabei musst du die Hauptrolle übernehmen.«

Marta geht in den Hof, sie braucht ein bisschen frische Luft. Aus der Küche – beziehungsweise aus dem Fernseher – dringen die Stimmen von Mónicas Freundinnen an ihr Ohr, sie halten immer noch vor dem Haus Wache und üben gerade ein, was sie später offiziell zu der geheimnisvollen Reaktivierung von Hugovíctors Handy verkünden wollen. Marta tritt an die hohe Mauer, die sie von der Außenwelt trennt. Das Geschrei auf der anderen Seite hört sich von hier aus bloß an wie ein aufgeregtes Summen und Brummen. Dazu kommt der Widerschein der starken Scheinwerfer. Alles zusammen ruft in Marta das Gefühl hervor, dort drüben baue sich eine riesige Welle auf, die irgendwann zu ihr herüberschwappen und sie verschlingen wird. Ein Bild, das sie aus einem Film kennt, der ab und zu im Kabelfernsehen läuft. Kein guter Film, aber wenn ihr die Luft zum Atmen knapp wird, steigt es jedes Mal in ihr auf. Der Film handelt von einem Meteoriten, der auf die Erde zurast, er wird ins Meer stürzen und einen Tsunami auslösen. Das Mädchen in dem Film beschließt, nicht die Flucht zu ergreifen. An der Hand ihres Vaters bleibt sie am Ufer stehen, beide sehen aufs Wasser hinaus. Dieser Teil gefällt Marta, obwohl er so traurig ist, obwohl sie sich dabei sagen muss, dass nicht einmal eine so starke Liebe sie vor dem Untergang gerettet hätte. Das Mädchen und der Vater sehen, wie sich die Riesenwelle vor ihnen aufbaut und immer näher kommt, sie wird sie verschlingen, die Angst wächst und wächst, aber trotzdem ist das besser, als davonzulaufen, das Wasser wird sie sowieso einholen und mit sich reißen. Die meisten Leute sterben bei dem Versuch, sich der Strömung entgegenzustellen. Auch die, die versuchen, wegzurennen oder auf einen Berg zu klettern, sterben. Am Ende sind alle tot. Marta sieht sich und Evelyn Hand in Hand dastehen, winzig klein im Angesicht der Riesenwelle, die über sie hereinbrechen wird. Denn genau das wird passieren. Sobald sie aus dem Haus tritt, wird der Tsunami sie gegen die Felsen schleudern, sie nicht mal eine Sekunde lang den Kopf aus dem Wasser strecken und Atem holen lassen, und zuletzt wird er ihren zerstückelten Körper an den Strand werfen.

»So schlimm ist das auch wieder nicht, Marta«, tönt Mónicas Stimme im Halbdunkel des Hofs. »Ein paar verrückte Tage, danach erinnert sich kein Mensch mehr an dich.«

Als sie das Studio betreten, reißt Evelyn sich von Martas Hand los und fängt an zu laufen. Auf die Scheinwerfer zu. In ihrem Inneren tobt ein wilder Sturm. Im Hals steckt ein steinharter Kloß, fast bleibt ihr die Luft weg. Gleich darauf kann sie wieder ein klein wenig Atem schöpfen und der Großmutter ein paar abgehackte Sätze ins Ohr flüstern. Endlich. Wird alles. Gut. Olga bekommt irgendwann Angst, die Umarmung könnte zu lange dauern. Sie richtet sich steif auf, als wollte sie sich von ihrer Enkelin lösen, und sieht über deren Schulter Hilfe suchend zu Sandra Lagos. Sandra Lagos trinkt einen Schluck Wasser und wechselt ihrerseits einen Blick mit dem Kameramann. Offensichtlich hat sie alle Zeit der Welt. Evelyn weint. Dass man dermaßen schluchzen kann! Olga lässt sie neben sich Platz nehmen, streichelt ihren sorgfältig geflochtenen Zopf, ergreift ihre Hand und presst fest die Lippen zusammen. »Meine Enkelin Evelyn«, sagt sie schließlich. Marta steht in der Dunkelheit und wartet, dass man ihr sagt, was sie tun soll.

Auch Beto wartet darauf, dass man ihm sagt, was er tun soll. Am Abend hat Olga endlich angerufen und gesagt, er soll den Laden aufmachen und aufhören, mit der scheiß PlayStation zu spielen. Sie werden sich schon was einfallen lassen, aber erst mal heißt es, den normalen Alltag wieder aufnehmen, das Leben muss schließlich weitergehen. Olga ist wirklich bewundernswert. Sie verfügt über eine derartige Überzeugungskraft, dass er sich fragt, ob das vom Dienstagmorgen tatsächlich passiert ist. Mittlerweile wäre er fast imstande, sich einzureden, dass Hugo bloß im Traum bei ihm aufgetaucht ist, wären da nicht das verschwundene Geld und die Kleidung und der heilige Expeditus.

Olga hat jedenfalls recht, er muss weitermachen. Hugo ist irgendwo auf der Strecke geblieben, im Zug oder wo auch immer, ist doch egal. Wenn es so weitergeht wie bis jetzt, ist eigentlich fast alles in Ordnung. Um den Rest kümmert sich die Alte. Sagt sich Beto und stellt den Fernseher im Laden lauter. Im Viertel hat sich herumgesprochen, dass er mit Hugovíctor eng befreundet ist. Alle, die heute an seiner Tür vorbeikommen, grüßen ihn mit einer Handbewegung oder kommen kurz rein, um ihn tröstend zu umarmen. Eingenommen hat er bis jetzt aber noch keinen Centavo. Und so, wie die Dinge stehen, wird Olga ihn die nächsten Monate bestimmt nicht ein Gramm verticken lassen.

Beto ist kein Idiot. Dass er immer so ein ausdrucksloses Gesicht macht, kann einen leicht auf falsche Gedanken bringen. Olga sagt ständig »du Idiot« zu ihm, weil seine Verschlossenheit sie reizt. Hat man ihn vor sich, befällt einen das Gefühl, am Fuß einer riesigen Deichmauer zu stehen. Was sich jenseits davon abspielt, bleibt ein Rätsel. Nur die Mauer weiß, wie viel Kraft sie aufwenden muss, um sich aufrecht zu halten – ein einziger, winziger Riss genügt, um sie zum Einsturz zu bringen. Evelyns Tränen sind zum Beispiel so ein Riss. Während Sandra Lagos sie befragt, weint Evelyn still und brav vor sich hin. »Mein Vater hat nichts Schlimmes gemacht«, sagt sie, und Sandra Lagos lächelt schief und schluckt einmal kräftig, bevor sie die Arme ausbreitet und erwidert: »Natürlich nicht, das wäre ja noch schöner. Was soll schlimm daran sein, wenn jemand mit dem Zug fährt, um einen Auftrag auszuführen?« Beto findet das aber unerträglich, schließlich ist er kein Idiot. Denn dass ein Freund von dir einfach deine Sachen einsteckt und damit verschwindet, ist das eine, etwas ganz anderes aber ist es, dass Evelyn im Fernsehen auftreten und leise vor sich hinweinen muss, um ihren Herrn Papa aus der Scheiße zu holen.

Beto klammert sich noch eine Weile an den Verkaufstresen und tritt gleichzeitig immer wieder mit dem einen Fuß gegen die Wand, um zu erreichen, dass Evelyn aufhört zu weinen. Olga sagt immer zu ihm: »Du bist ein Habenichts.« Und das stimmt, aber von all dem, was er nicht hat, ist Evelyn ihm das Liebste. Evelyn zu verlieren, müsste fast so schlimm sein, wie Pamela zu verlieren. Anfangs dachte er damals, er würde es nicht aushalten; dann gewöhnte er sich allmählich daran; und irgendwann war er schließlich zu allem bereit. Seit der Sache mit dem Motorrad hat er vor nichts mehr Angst, egal, wie weh es tut, oder wie verrückt es ihn womöglich macht. Er tut einfach, was zu tun ist. Und fertig. Das gilt auch jetzt. Während er Evelyn im Fernsehen weinen sieht, fühlt er, wie die gewohnte Entschlossenheit wieder in ihm aufsteigt.

Und als Evelyn zu weinen aufgehört hat, erscheint Marta und spricht mit einer Sicherheit und Festigkeit, die Beto noch nie an ihr erlebt hat. Sie muss überzeugt sein, dass sie Hugo für immer verloren hat, an etwas anderem kann es nicht liegen. Zum ersten Mal seit zehn Jahren sieht sie ihr Gegenüber beim Sprechen an. Sonst blickt sie immer zu Boden oder durch ein Fenster, wenn sie sich mit jemandem unterhält. Marta ist auch so eine Mauer. Was sich dahinter abspielt? Keine Ahnung. Aber genau das zieht Beto geradezu magnetisch an. Wenn er bei Hugo vorbeischaut, versucht er jedes Mal, auch ein Weilchen mit ihr zusammen zu sein – dann unterhalten sie sich, über was auch immer, und jeder blickt in eine andere Ecke. Zum letzten Mal hat er sie an dem Abend gesehen, als er plötzlich mit irgendeiner Ausrede bei ihr auftauchte, um den Sack auszuleihen. Damals hat sie nicht kapiert, was los war. Inzwischen ist ihr aber alles klar. Das wird Beto klar, während er sieht, wie Marta Sandra Lagos beim Sprechen direkt in die Augen blickt. Olga sagt immer zu ihm: »Fang ein neues Leben an, jetzt, wo du Geld verdienst.« Und da tut sich wegen Marta der nächste Riss in seiner Wand auf. Solche Sachen gehen ihm durch den Kopf, während die anderen glauben, in seinem Kopf herrsche völlige Leere.

Die wiedergewonnene Entschlossenheit und der Kaffee machen ihn wach. Auf einmal verspürt er wahnsinnige Lust, sich zu bewegen, er weiß bloß nicht, in welche Richtung. Die Kellnerin von der Bar an der Ecke, die ihm vorhin den Kaffee rübergebracht hat, kommt, um die leere Tasse abzuholen, und als sie feststellt, dass er inzwischen besser aussieht als noch vor einer Weile, sagt sie: »Tut mir echt leid, das mit deinem Freund, du musst ganz schön fertig sein.« Und während Beto sie daraufhin genauso ansieht, wie sie ihn ansieht, legt er ihr die Hand auf den Hintern, zieht sie zu sich her und steckt ihr die Zunge in den Mund, denn wenn Beto einmal aus seinem Dämmer erwacht, verwandelt er sich in ein Bündel aus Antrieben, die nicht wissen, wohin und was tun mit ihrer Kraft. Er ist so weit. Genug herumgespielt, tschüs, PlayStation.

Marta spricht viel im Fernsehen. Sie weiß, dass sie spricht, das ist ihr bewusst; was sie sagt, bekommt sie aber nicht mit. Sobald die Worte ihr über die Lippen kommen, machen sie sich auf und davon. Offenbar läuft es gut, denn die anderen sehen sie aufmerksam an und nicken, während Sandra Lagos sie an die Hand zu nehmen und durch alles hindurchzuführen scheint. Sie macht es ihr leicht. Sie gibt ein Stichwort vor, und Marta braucht den Satz nur zu vollenden. Bei alldem denkt sie unaufhörlich an das, was sie zum Thema »verschwundenes Handy« vorbereitet hat. So schwierig ist das gar nicht. Ihre Familie hat keine Ahnung und stellt sich dieselben Fragen wie alle anderen. Und trotzdem darf ihr hier kein Fehler unterlaufen, das ist das Allerwichtigste. Deshalb ist sie die ganze Zeit mit den Gedanken bei diesem Thema, zu allem Übrigen braucht sie bloß die Fragen von Sandra Lagos zu beantworten, und das scheint sie gut zu machen. Dennoch ist Marta angespannt, schließlich kann jeden Augenblick die Frage nach Hugovíctors Handy kommen.

»Ich habe ihn immer nur Hugo genannt.« Bei diesen Worten – den einzigen, die sie nicht vorbereitet hatte – hat sie zum ersten Mal das sichere Gefühl, dass sie ihn nicht wiedersehen wird.

Eine angenehme Traurigkeit breitet sich in ihr aus und verdrängt die Anspannung und Unruhe, und darüber merkt Marta nicht, dass die Sache zu Ende ist. Dass sie bereits einen Flur entlangläuft, dass die Lichter ausgegangen sind und niemand sie nach Hugovíctors Handy gefragt hat, dass Evelyn eine Cola bekommt und ihr jemand den Zopf neu flicht, dass Olga sie in ein kleines Zimmer schiebt, in dem sich ein Sofa und ein von weißen Glühbirnen umrahmter Spiegel befinden, wo sie auf einmal allein sind – Olga tritt nach ihr ein und knallt die Tür hinter sich zu.

»Was hat dich denn geritten? Kannst du mir das bitte erklären?«

Auch heute hat Hugo sich nicht gewaschen. Negro läuft immer noch hinter ihm her, aber mit einem gewissen Abstand. Kann sein, dass er sich gestern nach der zweiten Flasche mit den Hunden angelegt hat, er erinnert sich jedoch an nichts. Und mit den Typen von der Grillbude läuft es ganz schlecht. Er will bloß, dass sie den Sender wechseln, sie sollen was anderes anstellen. Dieses heulende Mädchen bei Sandra Lagos – wer soll da denn essen? Es gibt über sechshundert Sender, warum muss es zum Mittagessen ausgerechnet dieser sein?

Er bittet den Kellner darum, in aller Höflichkeit. Seit drei Tagen ist er jetzt schon hier zu Gast, isst und bezahlt korrekt. Als der Typ ihm anschließend sein Steak bringt, weist Hugo ihn darauf hin, dass er gesehen hat, dass er zwei Mal am Fernseher vorbeigelaufen ist, sich aber nicht die Mühe gemacht hat, umzuschalten. Der Kellner sagt, dass die anderen das sehen wollen. Der vom Nebentisch – er saß schon gestern Abend dort – erklärt, dass die Kleine die Tochter von diesem Hugovíctor ist, also von dem aus dem Zug. »Und warum wollt ihr die sehen?«, fragt Hugo wütend, steht auf und geht schwankend auf die Toilette. Als er mit noch feuchtem Gesicht zurückkehrt, steuert er den Fernseher an. Er kommt aber nicht an den Schalter, der Apparat hängt zu weit oben an der Wand. Mehrmals versucht er, hüpfend wenigstens den Stecker zu erreichen, aber er verliert dabei nur das Gleichgewicht und die Geduld und legt sich daraufhin bäuchlings über den Tresen. »Wo habt ihr Arschlöcher die Fernbedienung versteckt?«

Sie zerren ihn weg und befördern ihn zu dritt auf die Straße hinaus. Als er sich umdreht und wieder reingehen möchte, knallen sie ihm die Tür vor der Nase zu. Evelyn ist nicht mehr im Fernsehen zu sehen, Hugo tritt aber trotzdem gegen die Scheibe. »Sagt ihr, dass ihr Papa nie mehr wiederkommt, und lasst sie in Ruhe, ihr Wichser!«, schreit er. »Verpiss dich, Alter«, erwidert ein großer Kerl, der ihn zu Boden stößt und dann mit der einen Hand am Nacken packt, um ihm mit der anderen die Nase einzuschlagen. Nicht einmal aus der Nähe erkennt der Typ ihn, so blind macht der Hass. Zuletzt beschränkt der andere sich darauf, zu sagen, er soll sich bloß nicht noch mal hier blicken lassen. Und der Kellner erscheint und schmeißt ihm den Rucksack hinterher. Zum Glück geht die Whiskyflasche nicht zu Bruch. Negro bellt; wen er anbellt, ist aber nicht recht klar.

Hugo setzt sich eine Weile in die Kirche, um nachzudenken. Er trinkt wieder Whisky mit Weihwasser aus dem Fässchen. Galgo ist nicht da. Hugo hat mal einen Film gesehen, in dem ein Typ ins Kasino ging, um sein ganzes Geld zu versaufen und zu vervögeln. Bis er irgendwann tot umfiel. Wie hieß der Film noch mal? Er spielte in Las Vegas. Gute Idee. Das macht er jetzt auch, hier, in Luján, auf der Achterbahn, bis er irgendwann die Biege macht. Für Evelyn ist das am besten so. In dem Film gab es auch eine schöne Frau, was das angeht, sieht die Sache hier aber eher kompliziert aus. Als er aus der Kirche kommt, ist Negro ebenfalls weg. Hugo sucht ihn eine Weile und landet schließlich am Fluss. Auch da ist er nicht. Nirgendwo sind Leute unterwegs. Die Piratenfähre fährt leer hin und her, die rostigen Zugseile quietschen, kein einziges Kind ist an Bord. Nur eine Romafrau sitzt in der Sonne und raucht. Hugo bittet sie um eine Zigarette und hält ihr die Hand hin. Die Romafrau sieht Hugo in die Augen und sagt: »Geh weg.«

Hugo verliert sich im Nachmittag. Eine ziemliche Weile läuft er am Fluss entlang, auf dem Uferweg, der sich nach der ersten Brücke in einen halb von Unkraut zugewucherten

Plattenpfad verwandelt. Das Flussbett besteht zum größten Teil aus Morast, durch den sich ein schmales Rinnsal zieht. Nach der zweiten Brücke rührt das Wasser sich nicht mehr von der Stelle, es steht still, wie alles ringsherum. Das Einzige, was sich bewegt, sind die Plastiktüten aus dem Supermarkt, die sich in den Ästen verfangen haben. Irgendwann macht der Wasserlauf einen Bogen. Hugo folgt ihm und sieht von da an die Kirche, den Freizeitpark, den Rauch und die Kinder, die aus der Schule kommen, nicht mehr, ein Anblick, der ihm in der kurzen Zeit schon richtig vertraut geworden war. Schließlich wird der Fluss ganz schwarz und so schmal, dass die Äste der Bäume zu beiden Seiten sich berühren und eine Art Tunnel bilden. Hugo geht noch etwa dreihundert Meter weiter, klettert über riesige Wurzeln und versinkt immer wieder mit den Füßen im Schlamm.

Neben dem Stamm einer Weide zieht er sich die Turnschuhe aus. Er lässt den Rucksack auf den Boden fallen und übergießt ihn mit dem restlichen Whisky. Er zögert. Zuletzt öffnet er den Rucksack, holt das verbliebene Geld heraus und zündet dann tatsächlich ein Streichholz an und setzt den Rucksack in Brand. Während er sich die Geldscheine in die Hosentasche schiebt, tritt er bereits ins Wasser.

Auch die harten Dinge sagt Olga, ohne laut zu werden. Marta hat sich während der gesamten Fahrt im Taxi von Colón bis hierher auf diesen Augenblick vorbereitet. Ihr ganzes Leben hat sie sich darauf vorbereitet. Und trotzdem geht es ihr wie immer. Sie ist gelähmt wie ein Tier, das in eine Falle geraten ist. Olga gehört zu einer der seltenen Spezies, die ihren eigenen Nachwuchs fressen. Marta hat sich das, was sie sagen wollte, zurechtgelegt, Wort für Wort. Alles umsonst – ihre Mutter fängt sofort an zu sprechen, ohne Pause, wie bloß sie das kann, in keinem Augenblick lässt sie auch nur die geringste Stille eintreten, nicht mal, um Atem zu holen. Marta möchte auch mal was sagen? Wozu die Zeitvergeudung? Plötzlich hat Olga ein Stück Küchenpapier in der Hand, faltet es einmal, zweimal, dreimal und streicht mit dem perlrosa Fingernagel die Kanten glatt. Jeder Falz steht für einen Schritt ihrer Argumentation.

»Du weißt, was die Schule jeden Monat kostet.«

Evelyn will nicht mehr weinen, davon verschmiert bloß ihr Eyeliner. Die anderen führen sie durchs Studio, zeigen ihr die Garderoben, während Mama und die Großmutter sich unterhalten. Vielleicht bleiben sie ja noch einen Tag in Buenos Aires, und sie kann mit Zöpfchen und Super-HD-Make-up zu Martíns Geburtstag gehen. Die Frauen vom Sender haben ihr versprochen, dass sie ihr für die Schulabschlussparty eine tolle Frisur machen und sie schminken. Sie sind alle total nett. Aber die Oberschule Los Santos Ángeles Custodios kennen sie nicht. »Die muss irgendwo in der Provinz sein«, tuscheln sie. Evelyn hört es und kommt sich auf einmal, warum, weiß sie selbst nicht, dumm und hässlich vor.

Olga ist gerade beim zweiten Falz – die Sache mit Hugo.

»Was mit diesem Cristaldo passiert ist, ist in der Branche nichts Besonderes, das kommt ständig vor. Darum wollte ich auch niemanden aus der Familie mit im Geschäft haben. Beto hat Hugo da reingeschleust. Und du hast nie gefragt, woher das ganze Geld kommt.«

»Den Namen kannte ich nicht.«

»Was für einen Namen?«

»Den von dem Typen.«

»Das war ein Verbrecher, Marta. Er hat sich bei mir … Ich hatte alles mit seinem Onkel abgesprochen. Aber egal, das Problem ist, dass Hugo sich wirklich ziemlich dumm angestellt hat.«

Dritter Falz.

»Was wäre dir lieber gewesen? Hätte ich dich in alles einweihen sollen?«

Marta ist unfähig, auch nur ein Wort zu sagen. Sie löst sich auf, kann bloß noch zustimmend nicken.

Evelyn ist in einem Studiosessel eingeschlafen. Jemand deckt sie mit ihrem Kapuzenpulli zu, auf dem *Los Santos Ángeles Custodios* steht. Die Leute von der Technik schalten die Scheinwerfer aus und ziehen sämtliche Stecker. Olga trommelt mit den perlrosa Fingernägeln auf dem Tischchen der Garderobe und starrt Marta an, die auf ihre Hände starrt. Es klopft an der Tür, und eine Stimme teilt mit, dass die Taxis da sind, eins nach Ituzaingó und eins zum Busbahnhof Retiro.

»Zieh für ein Weilchen nach Colón, zu deiner Schwester. Grüß sie von mir. Das ist das Beste für alle.«

Genau das hatte Marta vor, und das wollte sie auch ihrer Mutter sagen, aber Olga ist ihr zuvorgekommen. Außerdem wollte Marta zu ihr sagen: »Ich weiß nicht, wie es weitergehen soll, Mama, ich bin pleite, ich will einfach nur dasitzen und auf den Fluss schauen, bis ich keine Angst vorm Ertrinken mehr habe.« Aber ihre Mutter hat schon alles gesagt. Was jedoch nicht das Gleiche ist.

Auf dem Selfie mit den Bussen im Hintergrund sieht alles dunkel und traurig aus, trotz Evelyns Frisur, und obwohl sie perfekt geschminkt ist. Berühmt sein – die größte Enttäuschung ihres Lebens. Evelyn probiert auf ihrem Tablet mehrere Filter aus, vielleicht wird das Foto dadurch besser. Sobald sie WLAN hat, will sie es auf Instagram posten. Mama zeigt ihr, wo sie sich hinsetzen soll, und gibt ihr einen der Hotdogs, die sie gekauft hat. Dann unterhält sie sich mit dem Polizisten. Bestimmt ist das dieser Domínguez. Er hat keine Uniform an, aber Evelyn erkennt ihn trotzdem wieder, dieses Gesicht vergisst sie nicht, obwohl sie ihn an dem Abend, als er bei ihnen war, um sie mitzunehmen, nur von der Seite gesehen hat. Zum Glück hat sie Miss Lauras Handy gut versteckt bei Tante Mónica in Colón gelassen.

Domínguez und Marta essen ebenfalls Hotdogs, ein paar Meter von Evelyn entfernt. Sie haben sich verabredet, um ein paar Dinge zu klären, die aber auch danach noch offen sein werden. Sie verstehen sich sofort.

»Ich hab gedacht, das hilft mir vielleicht weiter.« Etwas Besseres fällt dem Kommissar nicht ein, um zu erklären, weshalb er Hugos Handy eingesteckt hat, nachdem er es auf dem Bahnsteig entdeckt hatte.

»Mir ist es ähnlich gegangen«, gesteht Marta, als der Kommissar fragt, warum sie an dem Abend abgehauen ist.

»Inwiefern ähnlich?«

»Ich hab auch gedacht, dass mir das vielleicht weiterhilft.«

Sie versprechen, zu telefonieren, sobald etwas Neues über Hugo bekannt wird, andere Dinge bereiten Marta allerdings größere Sorgen.

»Bitte sagen Sie Sandra Lagos nichts davon. Und Rifle Barrios auch nicht.«

»Die kenne ich nicht. Wer ist das?«

Hugo steht beinahe reglos da und wartet. Das dickflüssige schwarze Wasser reicht ihm bis zur Nase. Tiefer wird es nicht mehr, er hat schon die Flussmitte erreicht. Die Füße versinken im Schlamm, ganz geht er aber auch so nicht unter. Zumindest durch die Poren muss die Brühe trotzdem in ihn eindringen. Er macht im Kopf eine Liste all dessen, was sich jetzt in sein Blut mischt: Kacke, Gift, Müll, Ratten, totes Ungeziefer, ertränkte Welpen, vermisste Kinder, Diesel, Kerosin, hässliche Fische, verbranntes Öl, Knochen, Leichen, nach denen niemand sucht, und dieses milchig zähflüssige Zeug, das wenige Meter entfernt aus einem Rohr rinnt und sich in der Schwärze auflöst, bestimmt eine hochgiftige Substanz.

Hugo wartet und wartet, aber es bleibt dabei, das Wasser rührt sich nicht. Es ist so tot, dass es nicht mal nach Verwesung stinkt. Das Einzige, was er zu riechen bekommt, sind die verbrannten Plastikteile des Rucksacks und ein ferner Duft nach frisch gemähtem Gras. Die Sonne verbirgt sich hinter den Bäumen, und Hugo wird zuerst kalt, dann übel. Er übergibt sich und taucht den Kopf danach ins schwarze Wasser, das ihm in Mund und Nase dringt, bis in seine Lunge gelangt. Sein Schließmuskel erschlafft. Er zieht die Füße aus dem Schlamm, geht in die Hocke, krümmt sich vor Bauchschmerz zusammen. Er nutzt die Gelegenheit, bleibt unter Wasser, breitet die Arme aus, streckt sich mit dem Gesicht nach unten in voller Länge aus. Um ihn herum treibt sein Erbrochenes, vermischt sich mit dem Übrigen.

Hugo würde gern bis auf den Boden sinken, aber das schwarze Wasser stößt ihn nach oben, zwingt ihn, Luft zu holen. Als er die Augen wieder aufmacht, ist er immer noch an derselben Stelle. Die Bäume sind mittlerweile dunkelgrün. Was soll das für ein Fluss sein? Er fließt kein bisschen, da ist nichts, was ihn mitziehen und in einen größeren Strom befördern würde, der ihn sich einverleibt und in tieferes Gewässer reißt, in dessen gewalttätigem Braun er sich endgültig auflöst, um anschließend an einen breiten blauen Fluss weitergereicht zu werden, der ihn zuletzt dem Meer und dem Vergessen übergibt.

Der Scheißfluss rührt sich einfach nicht.

Das Gespräch mit Mancuso ist wie ein Verhör, bei dem es nicht darum geht, dass er auspackt, sondern zuhört – darum, dass er, Domínguez, kapiert, was man ihm sagen will, aber alles schön verpackt in Wein und Worte und Abschweifungen zu der Frage, wie sehr *durch* ein Steak idealerweise sein sollte. Dazu scheinbar interessiertes Nachhaken, wie es eigentlich im Fall von diesem Cristaldo steht. Sie haben sich früh zum Abendessen getroffen, mittlerweile ist es jedoch reichlich spät geworden, hier, in dem Grillrestaurant im Zentrum von Haedo. Domínguez lässt Mancuso reden, wartet ab. Irgendwann wird der Chef der Bezirkskriminalpolizeidirektion ihm schon zu verstehen geben, worauf er in Wirklichkeit hinauswill. Aber natürlich nicht in Klartext, nichts, was man zitieren könnte, keinesfalls irgendwelche ausdrücklichen Anweisungen. Wenn Mancuso einen zum Abendessen einlädt, ist das stets ein schlechtes Zeichen. Immerhin sind sie inzwischen beim Kaffee angekommen.

»Welche Erfindung der letzten fünfzig … na, sagen wir, dreißig Jahre, hat alles ruiniert?«

Domínguez' Aufgabe besteht jetzt darin, Squash-Wand zu spielen, und zwar so, dass Mancusos Ball nach dem Aufschlag genau dort landet, wo er ihn haben will. Er zieht die Sache trotzdem ein wenig in die Länge.

»Das Internet? GPS? Die Kiwi?«

»Die DNA, du Idiot.«

»Na gut, darum geht es also.«

»Was heißt, darum geht es also? Mit dir kann man sich einfach nicht entspannt unterhalten, immer unterstellst du einem irgendwelche verborgenen Hintergedanken. Trink doch mal einen Whisky. Und lass locker! Du bist ein Workaholic, weißt du, was das ist? Wenn du in Rente gehst, wirst du keine Ahnung haben, was du den ganzen Tag machen sollst. Genieß endlich dein Leben, Alter! Sonst wirst du noch schwermütig.«

»Die DNA ist keine Erfindung, sondern eine Entdeckung.«

Mancuso legt mit ausgestrecktem Zeigefinger und erhobenem Daumen auf ihn an.

»Bravo, das nenne ich sorgfältigen Wortgebrauch. Darum lese ich auch deine Berichte so gern. Du bist einfach ein Feingeist.«

Mancuso schwenkt die Eiswürfel in seinem Glas, richtet den Blick auf den Fernseher und lässt Domínguez genüsslich schmoren. Bei der Tischauswahl sorgt er jedes Mal dafür, dass sein Gegenüber nichts hat, worauf die Augen ausruhen können. Bis er selbst irgendwann genug von dem Geschehen auf dem Bildschirm hat – Rifle Barrios unterhält sich gerade mit einem jungen Mann mit verbundenem Oberkörper und Halskrause – und beschließt, die Katze aus dem Sack zu lassen.

»Was hast du gegen DNA-Tests? Die können schließlich Leben retten«, versucht Domínguez davor noch, das Gespräch wieder in Gang zu bringen.

»Auf jeden, den du damit vielleicht von einer Krankheit heilst, kommen fünfzigtausend ruinierte Existenzen. Überleg doch mal: Wenn alle verheirateten Mädels, mit denen du irgendwann gevögelt hast, eines Tages auf die Idee kommen, ihre Kinder einen DNA-Test machen zu lassen, ist bestimmt auch eins von dir darunter. Dann bist du im Arsch, ihr Mann, ihr Kind, und sie selbst auch. So was kommt tausendfach vor! Und Verwechslungen auf Geburtsstationen gabs auch schon immer. Na und? Dann bekam eine Frau eben das Kind von einer anderen, aber die andere ging deshalb ja nicht leer aus, die bekam dafür das Kind von der ersten Frau …«

»Na gut, aber wer will schon mit einer Lüge leben?«

»Was heißt hier Lüge? Meinetwegen, im einen oder anderen Fall, wenn ein Paar sich wirklich ausdrücklich ein Kind gewünscht hat und lange darauf hat warten müssen. Aber in der Regel ist die Folge heute doch, dass kein Mensch mehr in Ruhe leben kann.«

Domínguez gibt sich geschlagen und spricht das Thema von sich aus direkt an: »Wir können seitdem jedenfalls viel leichter Verdächtige überführen, mit einer Wahrscheinlichkeit von …«

»Früher haben wir auch Verdächtige überführt.«

»Ja, aber ein DNA-Test sorgt dafür, dass kaum noch Unschuldige verurteilt werden.«

»Was heißt hier Unschuldige? Denk doch mal nach. Kann schon sein, dass ab und zu jemand für was eingelocht wurde, das er nicht getan hatte, aber unschuldig war der deswegen noch lange nicht, irgendwas anderes hatte er bestimmt angestellt. Das nennt man ausgleichende Gerechtigkeit. Jetzt spiel doch nicht den Rechtsanwalt. Obwohl, vielleicht wär das ja was für dich, wenn du in Rente gehst – du könntest Jura studieren.«

»Das heißt, die Ergebnisse von den Resten aus dem Zug liegen endlich vor?«

Mancuso richtet den Blick wieder eine Weile auf den Fernseher. Erst dann erwidert er: »Ja, aber von ihm ist nichts dabei. War alles umsonst, wir wissen immer noch nicht, wie wir diesen Hugovíctor aufspüren sollen. Aber du bist da ja vielleicht schon ein Stück weiter, he?«

»Bin ich nicht, weil ich …«

»Als ob wir nicht genug Spuren hätten, verdammt! Du weichst doch bloß aus. Dass die Reste von diesem Hugovíctor sind, ist doch völlig logisch. Von wem sonst? Und damit könnten alle bestens leben. Was bringt uns die DNA von ein paar Pennern, die niemand vermisst, wenn wir sie mit nichts abgleichen können? Verstehst du, ich habe nichts gegen die Wissenschaft und gegen den Fortschritt, aber in diesem Fall wird die Sache durch die Testerei bloß unnötig kompliziert. Und ein Problem bekommen deshalb vor allem die Politiker. Die Leute sind empört, und eigentlich haben sie ja auch recht, es ist offenbar noch nicht mal möglich, einen armen Kerl ausfindig zu machen, der bei einem Unglück zerquetscht worden ist. Und trotzdem, was glaubst du, wem schieben sie die Sache in die Schuhe, wenn er schließlich doch noch auftaucht?«

»Na ja, er hat sich eben aus dem Staub gemacht …«

»Was heißt, aus dem Staub gemacht? Wenn er überlebt hätte, hätte er sich ja wohl zuallererst mit seiner Familie in Verbindung gesetzt, oder etwa nicht?«

»Kommt drauf an. Wenn einer wegen Mord gesucht wird …«

»Der Typ wusste doch gar nicht, dass wir auf der Suche nach ihm sind, der war doch auf dem Weg zu einem Kunden, als du bei ihm zu Hause aufgekreuzt bist, oder nicht?«

Domínguez ist in die Falle gegangen, das kommt davon, wenn man so viel redet.

»Verstehst du, unsere Argumentation hat nur eine Schwachstelle, das weißt du selbst: Hugovíctors Handy. Falls du wirklich glaubst, dass der Typ lebt und einfach abgehauen ist, kann ich sein Handy orten lassen. Ich wundere mich, dass du das noch nicht selbst vorgeschlagen hast. Du bist offensichtlich gestresst und kommst nicht auf die simpelsten Dinge. Soll ich das Handy also orten lassen? Wenn du willst, dass die Regierung den Schwarzen Peter loswird und dafür wir als die Trottel dastehen, die den Kerl haben laufen lassen, bitte schön! Denn da, wo das Handy ist, muss ja schließlich auch der Typ sein, stimmts?«

»Nein, vielleicht steckt das Handy einfach irgendwo in dem zerquetschten Zug.«

»Wo früher oder später auch die Überreste von dem armen Hugovíctor auftauchen müssten. Und so weiter und so fort.«

Mancuso setzt das zweite Glas Whisky so steil am Mund an, als wollte er es bis zum letzten Tropfen leeren, und starrt dabei wieder auf den Bildschirm, wie um klarzustellen, dass für ihn das Thema beendet ist. Aber auf einmal tut sich etwas. Der Kommissar bemerkt, dass sein Chef den Kiefer bewegt, und dreht sich zum Fernseher um. Der junge Mann mit dem Verband ist immer noch da, er unterhält sich mit einem Journalisten, der Domínguez bekannt vorkommt, weil er auch eine Fußballsendung moderiert. »Ich habe Hugovíctor im Posadas-Krankenhaus gesehen«, verkündet die Laufschrift. Zwei Kellner stellen sich vor den Apparat und machen den Ton lauter. Mancuso spricht weiter, als wäre nichts.

»Das ist alles von der Regierung inszeniert. Was Besseres fällt denen nicht mehr ein. Sieh dir bloß den unsäglichen Typen da an. Und dem sollen die Leute eher glauben als unserer Olga?«

»Wieso soll es eine Rolle spielen, was die Leute glauben?«

Sein Chef lehnt sich zurück, breitet die Arme aus und hält ihm die Handflächen entgegen.

»Wenn du dir so sicher bist, dann such doch weiter, ich habe großen Respekt vor deiner Arbeit. Von Mordfällen verstehe ich nichts. Ich will bloß meine Leute schützen. Aber wenn du dich gegen die arme Olga und ihren Schwiegersohn Hugovíctor stellst, machen sie uns am Ende alle zur Schnecke. Ich verstehe dich nicht. Du willst unbedingt beweisen, dass dir ein Typ entwischt ist, alle sollen das wissen, die ganze Welt. Dabei liegt das Problem eigentlich woanders. Ich meine es nur gut mit dir, klar? Ich bekomme sowieso Ärger, denn meine Leute sind ja auch nicht imstande, den Verschwundenen in dem zusammengequetschten Zug aufzuspüren. Wenn jetzt aber außerdem noch rauskommt, dass das arme Opfer in Wirklichkeit ein flüchtiger Mörder ist …«

»Wenn er bei dem Unglück umgekommen ist, ist er trotz allem auch ein Opfer.«

»Sag mal, in welchem Land lebst du, Domínguez?«

Mancuso bestellt die Rechnung.

»Sieh mal, was du alles gegessen hast, du kostest mich echt eine Stange Geld, du Idiot.«

Den Witz macht er jedes Mal nach solch einem Essen, aber Domínguez spürt, dass die Unbekümmertheit bloß gespielt ist, dass Mancuso die Zeit hinauszögert, während er unterschreibt und anschließend seine Kreditkarte wieder einsteckt – offensichtlich möchte er mitbekommen, wie das Interview mit dem Überlebenden zu Ende geht. Der junge Mann hat bereits mehrmals dasselbe erzählt, der Journalist bohrt aber immer noch nach.

»Und als du ihn gefragt hast, wie er heißt, was hat er da gesagt?«

»Ich heiße heiliger Expeditus.«

Rifle Barrios scheint durch die Antwort ein wenig aus dem Konzept gebracht.

»Ach so, dann bist du dir also nicht sicher, dass das Hugo-víctor war.«

Domínguez hat sein Auto vor dem Grillrestaurant geparkt, trotzdem kann er das Angebot des Chefs, ihn nach Hause zu bringen, nicht ausschlagen. Es geht jedoch nicht um Höflichkeit, vielmehr fehlt noch der letzte Akt, in dem sämtliche Argumente noch einmal aufgegriffen und zusammengefasst werden, und Mancuso stellt sich dabei keineswegs ungeschickt an. In jedem Fall muss er eine Leiche im Kofferraum haben, weil er die Klimaanlage auf Eiskellertemperatur stellt. Wahrscheinlich will er die Wirkung des Weins und des Whiskys neutralisieren.

»Ich sag ja nicht, dass du nicht nach ihm suchen sollst. Mach ruhig deine Arbeit, so wie du es am liebsten hast, unauffällig und ganz auf dich gestellt. Und um das Drumherum kümmere ich mich, okay? Oder willst du behaupten, du hast Lust, dich von Sandrita Lagos verrückt machen zu lassen, weil du das Bild vom armen Arbeiter aus Ituzaingó beschmutzt?«

»Wer ist Sandrita Lagos?«

»Die mit dem Programm auf Canal 5.«

»Ach so. Ich sehe normalerweise nicht fern.«

»Du bist mir vielleicht einer … Ich sag ja nicht, dass du den Fall nicht aufklären sollst, ich bitte dich bloß um ein bisschen Timing. Früher oder später wird dieser Lamadrid in dem Waggon gefunden, Olga ist nicht mehr interessant, die Regierung kann sich mit dem restlichen Skandal herumschlagen, und dann kommst du und knallst mir deinen Bericht auf den Tisch: Fall gelöst, du bist aus dem Schneider, kannst dir deine Punkte gutschreiben und stehst weiterhin in der Tabelle noch vor dem FC Barcelona, klar? Und sag bloß nicht, jetzt, wo du alt wirst, wirst du auf einmal zum Perfektionisten, um Papierkram hast du dich schließlich noch nie übermäßig geschert. Damit meine ich nicht, dass du wie die beiden aus der Serie da sein sollst … Wie heißt die noch mal? Die auf HBO, mit dem Typen und dieser Kleinen. Gute Schauspielerin, bisschen mager, einen Hintern hat sie nicht, Titten erst recht nicht, aber die Serie ist trotzdem gut. Kennst du die nicht?«

»Ich weiß nicht, Mancuso, wie gesagt, ich hab kein Kabelfernsehen.«

»Solltest du aber, Idiot, die Serie ist super. Du musst wirklich ein paar Dinge in deinem Leben verändern. Wenn du in Rente gehst, nehme ich dir jedenfalls die Dienstwaffe ab, sonst bringst du dich irgendwann vor Langweile um. Außerdem besorge ich dir noch morgen einen Fernseher mit Internetzugang.«

»Lass, wozu? Ich brauche keinen Fernseher.«

»Das ist kein normaler Fernseher, das ist ein Smart-TV, das ist was ganz anderes, du wirst schon sehen. Und du wirst es nicht bereuen. Ich besorge dir einen, kostet dich keinen Peso. So, und jetzt steig aus, es ist schon spät. Morgen schick ich dir das Gerät. Keine Sorge, dafür brauche ich niemanden umzubringen. Und dann schaust du dir diese Serie an, die wird dir gefallen, die sind alle, wie du es magst, supergründlich, Fehler kommen bei denen nicht vor.«

Von den Sonnenstrahlen, die der Jesus auf der Plane reflektiert, wird es noch heller und heißer. Nach zwei Tagen Kettengebet haben Mónicas Freundinnen eine stark gerötete Haut, müde Augen und verstrubbeltes Haar. Evelyns Make-up von gestern hat sich in bräunlich klumpige Streifen verwandelt, die sich über ihre Wangen ziehen und aussehen wie das Blut des Christus am Gitter. Sie fächelt sich Luft zu, mit einer Illustrierten mit ihrem, Evelyns, Foto auf dem Cover. Am liebsten würde sie ins Haus gehen und sich dort auf den kühlen Boden legen, aber sie wollte ja unbedingt hier draußen sein, also kann sie jetzt nicht einfach wieder den Rückzug antreten. An der einzigen schattigen Stelle auf dem Bürgersteig unterhalten Marta und Mónica sich leise mit der Aufnahmeleiterin von Sandra Lagos.

Manche der verbliebenen Beter machen sich davon, denn in der heißen Jahreszeit endet die Schule immer schon am Freitagmittag, und dann geht es mit den Kindern und gut bestückten Picknickkörben an den Fluss. Evelyns Blick folgt einer kleinen Gruppe Oberschüler, die mit Zwei-Liter-Flaschen Limonade an ihr vorbeikommen, bis sie jenseits der Stelle außer Sicht geraten, wo die Straße hinabführt und eine frische Brise vom Wasser herweht. Die glühende Plane wärmt ihr den Rücken.

Der einzige Kameramann, der noch bei der Arbeit ist, sagt: »So, das wars«, und reicht ihr einen kleinen Plastikbecher mit kalter Grapefruitlimo. Aber Evelyn harrt neben dem Herz Jesu aus, sie hat die Hoffnung nicht aufgegeben, dass doch noch etwas Besonderes passiert.

Innerhalb der eingeschworenen Gemeinschaft vor Mónicas Haus tun sich immer offensichtlicher Risse auf. Auf der gegenüberliegenden Straßenseite tuschelt eine Gruppe Abweichler über den jungen Mann aus dem Fernsehen, der gesagt hat, er sei Hugovíctor nach dem Unglück begegnet. Vor allem aber reden die Leute über Marta, die weder weint noch betet, noch sich irgendwelche Hoffnungen zu machen scheint – eigentlich tut sie überhaupt nichts dafür, den anderen das nötige Vertrauen zu geben, dass es sich lohnt, weiterzumachen. Weshalb mittlerweile auch schon viele die Zelte abgebrochen haben. Und die, die noch da sind, beten nicht, sondern stürzen sich auf eine Schachtel Empanadas, die sie von zusammengelegtem Geld gekauft haben. Vom Kasino kommt seit heute kein Essen mehr.

Olga isst Empanadas ungern direkt aus der Schachtel. Sie wärmt sie kurz im Ofen auf und richtet sie dann auf einem kleinen Teller an. Beto hat bloß ein halbes Dutzend mitgebracht, er wusste ja nicht, dass Mancuso auch da sein würde. Er wusste nicht mal, wer dieser Mancuso ist. Das hat er erst erfahren, als er hereingekommen war und Olga die Tür hinter ihm zugemacht hatte. Der Chef der Bezirkskriminalpolizeidirektion hat ihn aufgefordert, ihm gegenüber Platz zu nehmen. Zugegebenermaßen hat Beto sich durch die Überraschung nicht einschüchtern lassen. Was in seinem Fall kein Zeichen von Kaltblütigkeit war. Kaltblütigkeit steht für Leere, Gefühllosigkeit. Betos Standhaftigkeit dagegen beweist, dass er imstande ist, sich seine Gefühle nicht anmerken zu lassen. Was für Olga eine äußerst positive Eigenschaft darstellt. Sie selbst hat viel dafür getan, sie sich anzueignen. Um zu tun, was zu tun war, bis sie verwitwete; um sich um ihre Töchter zu kümmern, solange es nötig war; und um sich zurückzuziehen, jetzt, wo sie zur Belastung geworden sind. Um endlich allein sein zu können. Was den Chef der Bezirkskriminalpolizeidirektion Morón angeht, der ist ihr vollkommen schnuppe. Aber sie sitzen nun mal im selben Boot und sollten sich folglich auch gemeinsam ins Zeug legen, um nicht doch noch Schiffbruch zu erleiden.

Beto macht sich Sorgen, er hofft, dass die Empanadas reichen. Sie sind mit Hühnchen gefüllt. Sich entschuldigend, sagt er: »Zwei pro Kopf, das ist wirklich nur ein kleiner Happen.«

»Ein *Appetizer*«, versetzt Mancuso. Das sind seine ersten Worte, bis dahin hat er den Mund nicht mal aufgemacht, um Beto zu begrüßen.

Die beiden Männer essen mit großem Appetit. Olga nicht. Sie lässt Beto nicht aus den Augen, er macht einen ruhigen Eindruck, aber bei ihm weiß man nie, ob er nicht plötzlich die Pistole zückt und um sich schießt. Angeblich ist er seit dem Motorradunfall so. Als hockte er immer noch im Straßengraben, leicht schwankend und zusehend, wie der Rest der Welt gleichgültig an ihm vorbeirast. Innerlich ganz wiederhergestellt ist er jedenfalls seitdem nicht. Wie er auch jederzeit imstande scheint, sich von einem Augenblick zum anderen hochzurappeln und auf die Straße zu treten, um sich vom erstbesten Auto umfahren zu lassen. Das macht ihn unberechenbar, andererseits aber auch zum idealen Kandidaten, um alle möglichen Probleme zu lösen. Als nur noch die zwei Empanadas von Olga auf dem Teller liegen, fängt Mancuso zu schwafeln an.

»*Appetizer* sagt man ja auch, weil sie den Appetit wecken sollen. Wenn man ein paar von den Dingern gegessen hat, hat man noch mehr Hunger als davor.«

Nach diesen Worten trinkt er kleine Schlucke von dem Wein mit Eiswürfeln und wartet, dass die anderen ihre Karten auf den Tisch legen. Olga faltet ein Küchentuch auf dem Tisch.

Beto hält die Stille irgendwann nicht mehr aus. »Hat man irgendwas von Hugo gehört?«

»Lass das Theater, Beto, Señor Mancuso weiß Bescheid.«

Nachdem sie ihren Teil beigetragen hat, beißt Olga in eine Empanada. Falls man diesen Schweinkram voller Luft als Empanada bezeichnen kann, den der elende Beto angeschleppt hat.

Die Hühnchenfüllung bei Don Guido ist wirklich lecker. Und dazu reichlich, und nicht aus irgendwelchen Resten gemacht – es sind richtig schöne Bruststücke dabei. Ramírez kaut und starrt Domínguez ausdruckslos an, er kommt ihm nicht zu Hilfe, sondern wartet, bis ihm die Lobsprüche über die Empanadas ausgehen und ihm nichts anderes übrig bleibt, als wieder auf den Fall dieses Carlos David und das Durcheinander um Hugovíctor zurückzukommen. Wer die Cristaldos sind und welche Rolle sie im Westen des Großraums Buenos Aires spielen, weiß Ramírez, von dieser Olga dagegen hat er noch nie gehört.

»So ist das eben, hätte Mancuso nicht unbedingt Ärger mit dem Onkel von diesem Cristaldo vermeiden wollen, hätte kein Mensch sich um diesen Mordfall gekümmert, kein Peso wäre für irgendwelche Ermittlungen aufgewendet worden. Aber jetzt will keiner der Kollegen mit der Sache was zu tun haben. Als ob die Mordkommission schuld wäre, wenn zwei Züge zusammenstoßen.«

Domínguez gibt sich betont gleichgültig. Er weicht Ramírez' Blick aus und zappt mit der Fernbedienung, die er sich vom Tresen genommen hat, durch die Programme. Er entscheidet sich schließlich für Canal 5, der live von der Straße vor Mónicas Haus überträgt, wo immer noch eine Restschar kampfbereiter Nachbarinnen betet und den Mate kreisen lässt. Sie sind in einem kleinen Fenster am unteren rechten Bildschirmrand zu sehen. Evelyn hat ihren Zopf gelöst, und man sieht ihr an, dass sie mit den Kräften am Ende ist. Seitlich stehen Marta und eine junge Frau mit einsatzbereitem Mikrofon und schenken sich Grapefruitlimo ein. Ein junger Mann von einem anderen Sender geht durchs Bild, er ist damit beschäftigt, ein Kabel aufzurollen. Nach dieser letzten Liveschaltung aus Colón werden sich alle verabschieden und gegenseitig viel Glück wünschen, wie immer, wenn eine Gruppe Menschen eine gewisse Zeit miteinander verbracht hat, bei einem Kurs oder auf einer Reise. Den restlichen Bildschirm nimmt das Studio dieser Sandra Lagos ein, wo Leute, die Domínguez nicht kennt, darüber diskutieren, wer jetzt alles seines Amtes zu entheben wäre.

Der Kommissar zappt weiter, das Thema DNA taucht aber nirgendwo auf. Wahrscheinlich hält Mancuso die Sache unter Verschluss, mutmaßt Ramírez. Domínguez ist sich dagegen sicher, dass sie längst durchgesickert ist, wie bei allem, was aus dem Labor kommt. Aber offensichtlich weiß niemand, was er mit der Information anfangen soll.

»Diese Ungewissheit ist schlecht für alle. Ein echter Schlamassel.«

Wenn Hugovíctors Leiche heute Nacht endlich in dem Zug entdeckt wird, hat sich die Sache erledigt. Zumindest für Leute wie uns, die nicht ständig Scheiße bauen, also du und ich und Olga.«

Mancuso schiebt einen in eine Jacke eingewickelten Gegenstand über den Tisch. Beto spürt das Gewicht, als er das Päckchen in seinen Rucksack steckt. Als hätte sie nur auf ihr Stichwort gewartet, kommt Olga mit dem Kaffeetablett aus der Küche.

»Ich habe Herrn Mancuso schon klargemacht, dass du mit der anderen Sache nichts zu tun hast, du wolltest Hugo nur helfen.«

»Und das, ohne irgendwelche Spuren zu hinterlassen, saubere Arbeit.« Mancuso rückt mit dem Stuhl näher an Beto heran und sieht ihn auf seine unvergleichliche Art von unten an. »Darum vertraue ich dir. Und du kannst mir vertrauen. Alles, was du brauchst, wirst du an Ort und Stelle vorfinden, verlass dich darauf. Du brauchst nichts mitzunehmen. Und kannst so unbeschwert wieder zurückkehren, wie du losgegangen bist.«

Beto zieht seine Jacke an, und Mancuso erklärt ihm, wie er hinkommt, ohne die Mautstraße zu benutzen.

»Nimm Bargeld mit, zum Tanken. Und bezahle auch sonst nichts mit Karte, bloß nicht! Und nimm dir keinesfalls zu viel vor. Dir den Sack allein auf dein Motorrad zu laden, war eine totale Schwachsinnsidee. Kein Mensch macht so was, auch nicht, wenn er einem Freund helfen will. Ich verlange so was jedenfalls nicht von dir.«

Beto, der bereits den Helm aufgesetzt hat, schüttelt den Kopf. Mancuso glaubt, er will ihm recht geben, in Wirklichkeit möchte Beto jedoch zum Ausdruck bringen, dass er es unglaublich dreist findet, dass Mancuso so tut, als gäbe es für ihn, Beto, keinen Unterschied zwischen Hugo und ihm, Mancuso. Außerdem würde er gern wissen, was das heißen soll, verdammte Scheiße: »Unbeschwert zurückkehren.« Aber es hat keinen Sinn, jetzt durchzudrehen. Und noch länger hinausziehen lässt sich die Sache auch nicht. Beim Weggehen hört er noch, wie der Chef der Bezirkskriminalpolizeidirektion Olga auffordert, sich zu setzen, und dann auf das zu sprechen kommt, was sie betrifft: »Ihre Geschäfte müssen wir jetzt auch mal ein bisschen auf Vordermann bringen, Olga, nicht dass noch jemand auf die Idee kommt, rumzuschnüffeln.«

Solange dieser Hugo nicht auftaucht, werden alle weiter wie verrückt herumschnüffeln. Stell dir mal vor, wenn sie an seiner Stelle diesen Cristaldo finden. Dann stehen wirklich alle wie komplette Idioten da. Aber ausnahmslos alle.«

Um seine Worte zu verdeutlichen, lässt Domínguez den erhobenen Zeigefinger in der Luft kreisen, eine Bewegung, die das Fernsehen, die Pizzeria, die Regierung, die Bezirkskriminalpolizeidirektion, ja, die ganze Welt einschließt, bis auf ihn selbst und Ramírez. Der Fall, also der Fall an und für sich – wer hier wen umgebracht hat, sozusagen –, ist gelöst. Sehr viel mehr braucht die Mordkommission eigentlich nicht. Domínguez zieht die Schultern hoch und hält Ramírez die geöffneten Handflächen entgegen. Der zeigt sich überzeugt – die Tatsachen sind nun mal die Tatsachen. Da ist die Leiche, mit mehr Rückständen darauf als eine öffentliche Toilette. Und da sind die zwei Nachbarn von Cristaldo, die gesehen haben, wie Hugo angekommen ist, und dann den Kampf zwischen beiden. Ein echter Profi ist dieser Hugo jedenfalls nicht. Oder war er nicht.

»Also, die Tatsachen.«

Domínguez ergreift die letzte Empanada, die noch auf dem Teller liegt, hebt sie nur wenige Zentimeter in die Höhe und legt sie wieder hin, wie um zu unterstreichen, dass Cristaldos Leiche eine Tatsache ist. Eine Tatsache, die hier, auf dem Tisch bei Don Guido, durch eine Empanada mit Hühnchenfüllung repräsentiert wird, so wie das Bierglas, das er jetzt mit Nachdruck neben dem Teller abstellt, für Hugovíctor steht, auf den sämtliche Indizien verweisen. Die dritte Tatsache ist die Bierflasche, die Domínguez neben der Empanada und dem Glas platziert: Hugovíctor ist verschwunden und taucht nicht wieder auf. Aber dafür ist die Mordkommission eigentlich nicht zuständig. Um das zu veranschaulichen, schiebt Domínguez die Flasche ans andere Tischende. Alles klar.

Domínguez trinkt den Rest lauwarmes Bier aus dem Mörderglas und bietet an, noch eins zu bestellen, vielleicht hilft das ja, um endlich das Thema zu wechseln. Er braucht sich vor Ramírez nicht zu erklären. Worauf es hier ankommt, ist, dass die Tatsachen das eine sind, und das andere, wie man sie kommuniziert. Und das Kommunizieren ist Sache der Leitung. Hugo Víctor Lamadrid wird auch nächste oder übernächste Woche noch Hugo Víctor Lamadrid sein, oder wann auch immer er wieder auftaucht – falls er wieder auftaucht –, und die Dinge sich endgültig zurechtrücken. Der Fall selbst ist gelöst, alle Teile passen zusammen, das ist die Aufgabe von Leuten wie ihm und Ramírez. Was Mancuso damit anstellt, welche Nachricht er zuerst bekannt gibt, ist nicht Sache der Mordkommission. Das ist eine Frage der Kommunikation. Das nächste Bier wird gebracht, und Domínguez schenkt beiden ein. Warum bloß hat er noch eins bestellt, eigentlich hat er gar nichts mehr zu sagen.

»Wusstest du, dass Mancuso studiert hat?«

Domínguez deutet mit der Fernbedienung auf Ramírez, kann ihm aber nicht mal so ein Wort entlocken. Ramírez schüttelt bloß den Kopf.

»Marketing.«

Domínguez sagt es mit einem schiefen Lächeln, in spöttischem Tonfall, er möchte ein Gespräch darüber anknüpfen, wie wenig sie beide doch für so was wie Marketing übrighaben. Aber Ramírez, der plötzlich wieder sprechen kann, wechselt übergangslos zu einem anderen Thema.

»Und was machen wir mit dem Handy?«

»Was für ein Handy?«

»Das Sie eingesteckt haben.«

Domínguez fängt an zu lachen. Schon lange hat er keinen richtigen Kumpel mehr. Dieser Ramírez gefällt ihm ziemlich gut. Er geht vor die Tür, um zu rauchen.

Marta drückt die Zigarette im Aschenbecher auf dem Nachttisch aus. Mónica rümpft die Nase und wedelt in der Luft, um den Rauch zu verteilen, sie hat sich hingelegt, mit einer kühlenden Gelmaske rund um die Augen, und möchte schlafen.

»Wenn jetzt endlich Normalität einkehrt und wir auch die anderen Zimmer wieder benutzen können, bitte ich dich, hier drin nicht mehr zu rauchen.«

Evelyn untersucht mithilfe einer Lupe ihren Bauchnabel. Sie sitzt vornübergebeugt auf dem Boden, durchforscht das Labyrinth, ohne bis auf den Grund vordringen zu können, und schielt aus dem Augenwinkel immer wieder auf das Handy ihrer Tante, auf dem ein Video läuft. *Zehn Dinge, die dein Nabel über dich verrät. Er ist kreisrund: Du bist ein optimistischer Mensch. Er ist eng und fast verschlossen: Du hast etwas Geheimnisvolles, Rätselhaftes an dir. Er bildet eine Spirale: Deine Beziehungen zum anderen Geschlecht werden nicht frei von Spannungen sein; du solltest dir einen Mann mit einem guten, positiven Nabel suchen.*

Welche Form ihr Nabel tatsächlich hat und was das für ihre Zukunft bedeutet, kann Evelyn nicht sagen.

»Tante Mónica, dieser Mann da, der sagt, er hat Papa im Krankenhaus gesehen – macht der das für Geld?«

»Ach was, Evelyn, Geld bekommt hier niemand.«

Mónica ist äußerst schlecht gelaunt. Die Sache mit Hugo nimmt kein Ende und wird immer komplizierter. Noch vor zwei Tagen bekam sie alles, worum sie bat, was auch immer. Die ganze Stadt, alle ihre Bekannten, wollten an ihrer Seite gesehen werden, beim Beten, vor ihrem Haus. Die vom Kasino schickten ihre Jungs vorbei, in Firmenkleidung. Aber jetzt haben sie auf einmal keine Lust mehr und fragen, wann sie wieder zur Arbeit kommt. Beziehungsweise – noch schlimmer –, ob sie überhaupt wiederkommt. Damit ruiniert sie sich noch ihr Image, ihren guten Ruf, das Einzige, was sie hat. Nach jahrelangem Selbstmarketing ist sie eine glaubhafte, vertrauenswürdige Figur. Deshalb kommen die Frauen, die ihr Sexleben verbessern wollen, zu ihr, deshalb hat sie eine Beförderung im Kasino in Aussicht. Aber Hugo ist dabei, ihre Glaubwürdigkeit zu zerstören. Hugos Leiche, die einfach nicht auftauchen will.

»Drei Tage beten, für nichts und wieder nichts.«

In Luján kommt heute nicht nur die übliche scheppernde Musik aus den Lautsprechern, begleitet vom Maschinenlärm der diversen Fahrgeschäfte. Es ist mehr los, und es riecht nach Karamell. Es ist Freitag. Auf Hugo achtet niemand. Er beißt in einen kandierten Apfel, während er ansteht, um noch mal mit der »Super 8« zu fahren. Die Schlange ist ziemlich lang. Das Pärchen hinter ihm hält mindestens zwei Meter Abstand. Und die Jungs vor ihm sind ein Stück zur Seite getreten. Wegen des Gestanks nach Whisky und fauligem Wasser.

Mit dem Geld von Mancuso kauft Beto sich einen Schlüsselanhänger mit einer Figur der Heiligen Jungfrau und dem Logo von Chevrolet. Dann fährt er langsam die Küstenstraße entlang, bis er das Motorrad schließlich unter der zweiten Brücke abstellt und danach von oben einen Blick über den Fluss wirft. Weiter hinten macht der Wasserlauf einen Bogen, und die Bäume bilden eine Art Tunnel. Er kehrt zu Fuß zum Freizeitpark zurück. Dass Hugo mit der Achterbahn fährt, die einfach nur »Achterbahn« heißt, ist nicht zu erwarten, er sieht aber trotzdem auch dort nach, fährt sogar selbst ein paar Runden und steigt anschließend in die Sesselbahn, die den Fluss überquert.

Er fährt allein, obwohl es eigentlich Doppelsitze sind. Hinter ihm nehmen auch tatsächlich zwei Typen zusammen Platz. Mancuso hatte von ihnen gesprochen. Die Bahn setzt sich langsam in Bewegung. Rechts ragen die Türme der Basilika in die Höhe. Von unten hört man das Geschrei aus einem Fahrgeschäft, das immer heftiger auf und ab schaukelt, bis die Leute irgendwann mit dem Kopf nach unten sitzen und sich gleichzeitig im Kreis drehen. Beto versteht nicht, was der Spaß dabei sein soll. Als er den Fluss überquert, greift er in seinen Rucksack, holt die Waffe heraus und steckt sie in die Innentasche seiner Jacke.

Als er wieder ausgestiegen ist, geht er direkt zur »Super 8«. Hugo kann er schon von Weitem ausmachen, weil die Leute so viel Platz um ihn herum frei lassen, und weil die Kleidung, die Hugo anhat und die wie in Erdöl getaucht aussieht, ihm gehört. Hugo nimmt ihn nicht wahr, weil er mit zurückgelegtem Kopf aufmerksam einem der Wagen dabei zusieht, wie er auf dem Metallgerüst entlangfährt, das hat ihm schon immer gefallen, jedes Mal war er wie gebannt von der sich unaufhörlich wiederholenden Kreisbewegung. Neben ihm steht ein schwarzer Hund und tut es ihm nach – auch er starrt konzentriert nach oben. Zwei weitere Hunde laufen wie verrückt bellend auf der Suche nach einem Durchlass zur »Super 8« an dem Stacheldrahtzaun hin und her.

Hugo bemerkt Beto erst, als dieser bereits ganz nahe herangekommen ist. Bei seinem Anblick gerät er ein wenig ins Taumeln, was aber auch am Alkohol liegen kann. An seinen Augen lässt sich nichts ablesen, dafür hat er die Mütze zu tief in die Stirn gezogen. Negro nähert sich Beto, beschnuppert ihn, knurrt und geht weg. Hugo zeigt lächelnd seine schmutzigen Zähne.

»Das hier ist echt die alte Super 8, aus Buenos Aires, ob du es glaubst oder nicht«, sagt er. »Sie steht gleich neben Gott«, fährt er fort und deutet auf die Basilika.

Er gibt Beto einen Chip, und sie steigen zusammen in einen der Wagen, der beim Losfahren quietscht wie ein alter Zug auf einem völlig verrosteten Gleis. Ratter, ratter, ratter. Zwei Rechtskurven, dann geht es langsam aufwärts. Ihre Hände umklammern die Sicherungsstange, die Augen blicken starr geradeaus. Ratter, ratter. Ganz oben angekommen, halten sie für einen Moment an. Ratter.

»Wie hast du mich gefunden?«

»Du hast meine Monatskarte benutzt, du Idiot.«

Der Wagen rast in die Tiefe, Hugo reißt die Arme hoch und schreit. Beto nicht. Es folgen mehrere Kurven, die Hugo längst in- und auswendig kennt. Viermal geht es nach rechts, immer langsamer und immer weiter unten. Jedes Mal prallt Hugo mit vorgebeugtem Oberkörper gegen Beto. Als sie aussteigen, schnappt Rottweiler nach ihren Füßen. Über das, was sie als Nächstes tun, gibt es wenig zu diskutieren, noch einmal mit der »Super 8« fahren sie jedenfalls bestimmt nicht. Während sie weiterschlendern, redet Hugo aufgeregt auf Beto ein, der schweigend zuhört, so wie früher, wenn sie in Buenos Aires im Italpark aus einem der Fahrgeschäfte stiegen.

»Weißt du was? In den letzten Tagen hier hab ich's kapiert, alles. Mit dem ersten Absturz gehts los. Bloß auf den kommts an. Danach gehts nur noch abwärts, auch wenn du meinst, es geht nach oben. Es geht nur noch nach oben, damit du noch schneller und tiefer abstürzt. Aber in Wirklichkeit stürzt du schon die ganze Zeit ab, von Anfang an. Wie im Leben eben, Beto.« Bei den letzten Worten macht Hugo eine theatralische Gebärde, eine Art Reverenz, eine abschließende Verbeugung vor dem Publikum.

Da senkt Beto den Blick, tastet nach der Waffe in seiner Jackentasche und murmelt: »Lass uns mal an den Fluss gehen.«

Evelyn sitzt am Ufer und starrt aufs Wasser. Nach der Siesta haben Mama und Tante Mónica beschlossen, dass es Zeit ist, sich daran zu gewöhnen, dass Papa nicht mehr da ist, woraufhin sie alle zusammen rausgegangen sind. An der Badestelle beachtet sie niemand. Oder die Leute tun wenigstens so, als würden sie sie nicht kennen. Evelyn wartet auf den nächsten Strudel. Früher oder später muss einer kommen. Sie sind nicht leicht auszumachen. Dass sich unter der scheinbar reglosen Oberfläche etwas in heftiger Bewegung befindet, lässt sich nur an wenigen Anzeichen erkennen. Darauf, dass das Wasser immer so gleichmäßig und sanft dahinfließt, darf man sich aber keinesfalls verlassen. Stell dir vor, du treibst gemächlich dahin – und auf einmal kommt etwas und zieht dich nach unten. Reißt dich einfach mit. Egal, wie gut du schwimmen kannst, der Strudel ist stärker als du.

Einmal ist auf einem See bei Córdoba eine ganze Familie in einen solchen Strudel geraten. Die haben geangelt, und plötzlich, als hätte jemand den Stöpsel gezogen, wurden sie alle zusammen vom Wasser verschluckt. Die Leute am Ufer haben sie vom einen Moment zum anderen nicht mehr gesehen. Auch das Boot war verschwunden. An der Oberfläche zeigt sich bloß eine Art Nabel, wie weit der Strudel in die Tiefe reicht, ist aber nicht zu erkennen, von wo er ausgeht, lässt sich nicht sagen. Bloß das Baby der Familie hat damals überlebt. Es ist an einem Strand in Südafrika wiederaufgetaucht und lebt dort heute bei seiner neuen Familie. Weil es noch ein Baby war, als die Sache passierte, erinnert es sich jedoch an nichts, kein Mensch kann also sagen, wie es im Inneren des Strudels aussieht.

Nur ein Mann – nur ein Erwachsener – ist einmal lebend aus so einem Strudel wieder aufgetaucht. Er war auch beim Angeln, mit seinen Brüdern, und plötzlich sind sie von einem Riesenstrudel erfasst worden. Die anderen sind gestorben, aber der Mann hat sich mit aller Kraft an ein Fass geklammert, am Anfang zumindest, weil er, wie so manche, geglaubt hat, wenn man sich an etwas Großes und Starkes hält, rettet einen das. Und das Fass war aus Holz und ist zunächst auch tatsächlich an der Oberfläche geblieben. Aber irgendwann hat der Mann kapiert und losgelassen, sich dem Strudel ausgeliefert. Genau wie Tante Mónica immer sagt: »Man muss loslassen, sich ausliefern.« Die Geschichte von dem Fischer ist aber schon alt, Evelyn hat sie in der Schule gelesen, und deshalb muss sie stimmen. Am Ende ist der Mann jedenfalls lebendig am Ufer erschienen. Eine Stunde lang hatte der Strudel ihn im Griff gehabt. Aber er sah aus, als wäre er auf einen Schlag um zehn Jahre gealtert. Sein Haar war vollständig weiß, und er hatte zahllose Falten. Niemand hat ihn wiedererkannt, und die Leute haben geglaubt, er wäre ein Verrückter. Diese Strudel können einem wirklich Angst machen, deshalb will normalerweise auch niemand darüber sprechen. Die Leute zeigen auf den Fluss und sagen: »Sieh mal, wie ruhig das Wasser heute ist.« Bis wie aus dem Nichts der nächste Strudel kommt, und weg bist du.

Bei dem Gedanken an die böse Spirale, die sich wie rasend um sich selbst dreht, wird Evelyn schwindlig. Fast muss sie sich übergeben, wie damals im Kasino. Tante Mónica hatte sie mitgenommen, um ihr alles zu zeigen, und Evelyn hatte so lange auf das Rouletterad gestarrt, dass sie beinahe ohnmächtig geworden wäre. Trotzdem ist sie entschlossen, falls nötig, den ganzen Sommer über hier auszuharren, bis endlich der Strudel auftaucht, der verschwinden lässt, was nun mal verschwinden muss. Das Wasser kitzelt ihre Fußsohlen, während sie unverdrossen Ausschau hält. Mama und Tante Mónica sitzen unterdessen im Schatten eines Baums, trinken Mate, unterhalten sich und streiten. Und Evelyn hat das Gefühl, dass all diese Tage und Unterhaltungen wie Strudel sind, die um sich selbst kreisen und nie ein Ende finden.

Doch da – weder besonders nah noch weit von ihr entfernt, wie Evelyn scheint – geht ein Ast auf einmal schlagartig unter, ohne an der stillen Wasseroberfläche irgendwelche Spuren zu hinterlassen. Ein Stückchen flussaufwärts streiten zwei kleine Jungen darum, wer als Erster auf einem alten Autoreifen Platz nehmen darf, den sie als Schwimmreifen benutzen. Kurz darauf sitzen beide darin, und ein Mann zieht sie an einem Seil durchs Wasser. Nach Evelyns Einschätzung wird die wilde Strömung, die sich in der Tiefe heranpirscht, die beiden nicht erfassen. Sie selbst steht auf und geht langsam ins Wasser, bis es ihr an die Knie reicht. Dabei versucht sie, den Strudel im Blick zu behalten, herauszufinden, aus welcher Richtung er kommt und wohin er sich bewegt. Hinter sich hört sie Musik aus einem Handy, Leute, die im Sand Ball spielen, Eisverkäufer, kleine Vögel und – ein wenig lauter als die übrigen Stimmen – Mónica: »Deine Shorts werden nass, Evelyn. Hast du nicht gesagt, du hast deine Tage?«

Aber Evelyn hat weder Zeit, rot zu werden, noch, auf ihre Tante zu hören, weil sie endlich das Gesuchte gefunden hat.

Einen Strudel überlebt man also nur, indem man sich ihm überlässt. Nicht, indem man versucht, sich an der Oberfläche zu halten oder umzudrehen und wegzuschwimmen. Man muss sich von ihm aufsaugen, mit in die Tiefe reißen lassen.

Inzwischen geht Evelyn das Wasser bis zur Hüfte. Weiterhin starrt sie auf den kleinen Kreis, der an dem Seil mit den gelben Bojen entlangwandert, das die Bademeister als Begrenzung gespannt haben – jenseits davon wird der Fluss gefährlich. Die Geräusche vom Ufer verschmelzen zu einem unbestimmbaren Brei, trotzdem hört Evelyn Martas Stimme, die sich davon abhebt und sie bittet, doch nicht so weit hinauszugehen.

Man muss tief, tief einatmen, so viel Luft einsaugen wie möglich. Denn unter der Oberfläche fließt eine zweite Strömung, die einen anderswohin trägt. Auf diese Weise kann man sich retten. Aus dem Strudel, der einen verschlingt und unversehens, wenn man es am wenigsten erwartet, wieder ausspuckt. Evelyn erwartet ihn aber schon. Gleich hat sie ihn vor sich. Marta ist ans Ufer getreten und geht jetzt ein Stück in den Fluss, ihre Tochter stets im Blick behaltend, die inzwischen bis zu den Schultern im Wasser steht. Evelyn sieht die einzige Stelle im Fluss näher kommen, die sich bewegt, und holt so tief Luft, wie es irgend geht. Sie muss sich beeilen. Sie spürt die Anwesenheit ihrer Mutter im Rücken. Jetzt oder nie. Unter Wasser schiebt sie die Hand in die rechte Tasche ihrer Shorts und umfasst Miss Lauras Handy. Gerade noch rechtzeitig wirft sie es in die Mitte des Strudels, dreht sich dann um und kehrt hastig ans Ufer zurück, das Wasser mit den Händen hinter sich schaufelnd. Mit aller Kraft.

Dank

Herzlichen Dank an Gabriela Cabezón Cámara, meine Lehrerin und Freundin. Ich weiß nicht, ob ich ohne sie solche Sachen machen würde.

An meine grandiosen und großzügigen Kolleginnen: Belén López Peiró (auch für ihre Expresslektüre am letzten Wochenende), Belén Longo, Carolina Cobelo, Charo Márquez, Constanza Viceconte, Celeste Contratti, Delfina Cabrera, Luciana Rabinovich, Mana Isla, Paula Amarilla, Paz Solís, Victoria Baigorri, Victoria García, Victoria Rodil.

An Ingrid Beck, meine bedingungslose Schwester und die erste Leserin dieser Geschichte.

An Daniel Lagares, für die Unterstützung, Liebe und aufmerksame Lektüre, die mich vor einem klassischen Fehler bewahrte.

An Liliana Escliar, die mir mit einem streng prüfenden und einem liebevollen Auge zusah.

An Alfredo Grieco y Bavio, für seine makel- und schonungslose Lektüre.

An Gaby Esquivada, Gabriela Saidon, Hinde Pomeraniec, Laura Leibiker, Omara Alejandra Barra und Paula Pérez Alonso, weil ich keine Gelegenheit ungenutzt lasse.

An Carolina Masariche, die mir eine lustige Episode aus ihrem Leben überlassen hat.

An Sergio Olguín, der nicht weiß, dass er mich aus einem tiefen Loch holte, als er mir *Back To Blood* empfahl.

An die Frauen am Büfett von *Crespo Juniors*, die auch nicht wissen, wie glücklich es mich beim Schreiben gemacht hat, sie lachen zu hören.

An Glenda Vieytes, für ihre unerschöpfliche Geduld und Großzügigkeit.

An Juan Pablo Bertazza, für seine kluge Lektüre und die Schlussredaktion.

An Julieta Obedman, die mitten in der Krise auf meinen ersten Roman setzte.

Und an León, für seine Liebe.

Die Montevideo-Romane

»Ohne Erbarmen, dafür mit viel schwarzem Humor: sehr böse, im besten Sinn, wie Mercedes Rosende hier die Gesellschaft Uruguays und speziell der Hauptstadt Montevideo fies aufs Korn nimmt. Und: Krimi kann sie auch – vom Feinsten.«
Ulrich Noller, WDR

Falsche Ursula

Ursula ist unzufrieden. Zu hässlich, zu hungrig, zu allein. Da kommt ihr der mysteriöse Erpresseranruf eigentlich ganz gelegen: Man habe ihren Ehemann entführt, eine Million Lösegeld. Nur: Ursula hat gar keinen Ehemann. Grund genug, ihr kriminalistisches Talent auszuschöpfen und sich in ein abstrus herrliches Abenteuer zu stürzen.

Krokodilstränen

Der Schauplatz: die Altstadt von Montevideo. Der Coup: ein Überfall auf einen gepanzerten Geldtransporter. Die Besetzung: Germán, gescheiterter Entführer. Ursula López, resolute Hobbykriminelle. Doktor Antinucci, zwielichtiger Anwalt. Und schließlich Leonilda Lima, erfolglose Kommissarin mit einem letzten Rest von Glauben an die Gerechtigkeit.

Der Ursula-Effekt

Die resolute Ursula hat kurzerhand einen vermasselten Raubüberfall übernommen und sich die gesamte Beute unter den Nagel gerissen. Nur sind ihr jetzt die eigentlichen Verbrecher auf den Fersen. Aber Ursula ist in kriminalistischen Dingen verflucht begabt, und mit ein wenig Glauben an die Dummheit der anderen wird sie das Ding doch wohl schaukeln?

Patrícia Melo im Unionsverlag

Gestapelte Frauen

Im entlegenen Amazonasgebiet verfolgt eine junge Anwältin Gerichtsverhandlungen zu Frauenmorden. Immer näher kommt sie dem Leben der Opfer, immer eindringlicher werden die Bilder. Um der Wirklichkeit zu entkommen, flüchtet sie in eine Traumwelt an die Seite von Amazonen. Doch in der Realität scheint der Kampf um Gerechtigkeit ungleich schwerer.

Trügerisches Licht

In der glamourösen Serienwelt fühlt sich Fábbio wohl, jedes Autogramm eine Bestätigung seines Erfolgs. Sein Auftritt am Theater allerdings wird von der Kritik belächelt – bis er sich auf der Bühne erschießt. Selbstmord als Performance? Während die Presse sich überschlägt, ermittelt Azucena, Chefin der Spurensicherung, in einer grellen Scheinwelt.

Der Nachbar

Teuflisch krachend dringen die Geräusche des Nachbarn durch die Decke, bohren sich durchs Trommelfell, zerfetzen die Ruhe. Ein Plan muss her, der Frieden zurück. Eine offene Tür, ein falscher Schritt – und plötzlich findet sich der Geplagte mit einer Leiche wieder.

Leichendieb

Nahe der bolivianischen Grenze sitzt ein Mann am Flussufer und angelt, als plötzlich ein Flugzeug in den Strom stürzt. Darin findet er nur noch den toten Piloten – und ein Päckchen Koks. Er entscheidet sich, die Drogen zu behalten, und setzt damit eine rasante Entwicklung in Gang. Ein atemloser Roman über die Drogenmafia und das Böse in uns.

Claudia Piñeiro im Unionsverlag

Ein wenig Glück
Ein psychologischer Spannungsroman um die Frage »Was ist Glück?«

Ein Kommunist in Unterhosen
Der Roman einer Kindheit, einer Epoche, einer Klasse und eines ganzen Landes.

Betibú
Ein filmreifer Thriller um Medien, Macht und Manipulation.

Der Riss
Eine Midlife-Crisis, ein Immobilienprojekt und eine Leiche.

Die Donnerstagswitwen
Die Reichen und Schönen der Gated Community und ihre tödlichen Geheimnisse.

Elena weiß Bescheid
Das Drama einer Mutter-Tochter-Beziehung und eine überraschende Wahrheit.

Ganz die Deine
Ein perfider Rachefeldzug gegen einen undankbaren Ehemann.

Der Privatsekretär
Románs rasanter Aufstieg führt ihn mitten in den Politiksumpf aus Machthunger und Intrigen.

Wer nicht?
Geheimnisse, Abgründe und gewöhnlich seltsame Menschen, denen das Leben eine Falle stellt.

Kathedralen
Piñeiro enthüllt die erdrückende Macht der Kirche und die dunkle Vergangenheit einer Familie.

Der Mönch, das Kind und die Stadt

In einem Bordell von San José kommt ein einäugiges Kind zur Welt, das folgerichtig auf den Namen Polyphem getauft wird. Die Huren verstecken den Jungen, und Jerónimo, Ex-Mönch und Bruder der Bordellköchin, kümmert sich um ihn und bringt ihm die Welt bei, wie er sie aus den gelehrten Büchern kennt. Mit einer Baseballkappe über dem Auge bricht Polyphem aus in die Stadt und spielt mit den Straßenkindern. Jetzt ist auch Jerónimo bereit, sich von Polyphem mitnehmen zu lassen, und gemeinsam ziehen sie durch die Straßen und Märkte, der Mönch und das Kind.

Única blickt aufs Meer

Hier auf der Müllhalde, wo die Sonne nur noch aus Gewohnheit aufgeht und die Regenbögen in den Ölpfützen sterben, lagert das schlechte Gewissen der Stadt. Das gigantische Müllmeer schwemmt alles an, was der Rest der Welt nicht mehr will – struppige Zahnbürsten, vergangene Nachrichten, alte Männer und vergessene Kinder. Única mag hier gestrandet sein, aber das ist noch lange kein Grund aufzugeben. Die eigenwilligen Gestalten in den krummen Hütten erklärt sie kurzerhand zu ihrer Familie, und gemeinsam tauchen sie in den unberechenbaren Fluten nach Beute: ein Rest Bohnen in der Dose, ein rostiges Stück Metall, und ganz vielleicht ein kleines bisschen Glück. In schillernden Farben zeichnet Contreras Castro die hässliche Fratze unserer gierigen Gesellschaft.

Pablo De Santis im Unionsverlag

Die Übersetzung
Wenn Worte töten können – ein unterhaltsamer Krimi rund um ein altes Mysterium.

Die Fakultät
Ein meisterhaftes Verwirrspiel zwischen Literatur und Leben, Fiktion und Realität.

Voltaires Kalligraph
Mit Voltaire wider die Dunkelmänner des Ancien Régime. Eine atemberaubende Zeitreise.

Die sechste Laterne
Das Babel der New Yorker Architekten – Wettlauf um den höchsten Wolkenkratzer der Welt.

Das Rätsel von Paris
Ein Denkmal für die großen Detektivgestalten der Weltliteratur.

»Kaum jemand ist bisher mit so viel Spiellust und Ideenkombinatorik dem Mordinstrument Sprache auf den immateriellen Leib gegangen wie der Argentinier Pablo de Santis. Philosophie, Fantastik, Wortspielerei – bei De Santis ist der Kriminalroman pures Vergnügen auf höchstem Niveau.« *Die Zeit*

Mehr über Autor und Werk auf *www.unionsverlag.com*

Leonardo Padura im Unionsverlag

Das Havanna-Quartett

Havanna im Jahr 1989: Im Paradies der Revolution steht nicht alles zum Besten. Schicht um Schicht legt der Polizist Mario Conde die kubanische Realität frei und misst sie an den Illusionen und Träumen seiner Jugend.

Ein perfektes Leben (Winter)
Handel der Gefühle (Frühling)
Labyrinth der Masken (Sommer)
Das Meer der Illusionen (Herbst)

Weitere Werke

Adiós Hemingway
Der Nebel von gestern
Der Mann, der Hunde liebte
Der Schwanz der Schlange
Ketzer
Die Palme und der Stern
Neun Nächte mit Violeta
Die Durchlässigkeit der Zeit
Wie Staub im Wind

»Leonardo Paduras Romane sind kritische Liebeserklärungen an Kuba, die oft weit in die Vergangenheit zurückreichen, aber doch in der Gegenwart ankommen. In ihnen erweist sich Padura als einer der großen Autoren der gegenwärtigen Weltliteratur.« *Wilhelm Roth, Die Welt*

»Padura hält nichts von der Schwarz-Weiß-Malerei, die in Kuba und anderswo so beliebt ist; er verdammt die über sein Land kursierenden Stereotype in Bausch und Bogen und freut sich über den angekündigten Wandel.« *Knut Henkel, Neue Zürcher Zeitung*